朝日新書
Asahi Shinsho 782

たのしい知識

ぼくらの天皇（憲法）・汝の隣人・コロナの時代

高橋源一郎

朝日新聞出版

たのしい知識

ぼくらの天皇（憲法）・汝の隣人・コロナの時代

目次

汝の隣人　115

コロナの時代を生きるには　215

たのしい知識、新しい「教科書」

小学校一、二年生の頃、新しい教科書が配られるのが楽しみだった。

新しい教科書からは、なんともいえない匂いもした。気のせいだったかもしれないが。

それは、「知識」の匂いのように思えた。

「知識」、それは、生まれてからそれほどたってはいない、その頃のぼくにとっては、光り輝くことばでもあった。いや、おそらく、ぼくにはまだ、「知識」ということばや考え方もなかっただろう。人として生まれたからには、なにかを知りたい。それは、本能のようなものとして、誰もが持っているものだ。

そして、そこには、その本の中には、自分の知らない「知識」が書いてあるはずだった。

だから、教科書が配られると、嬉しくて、パラパラとめくってみた。もちろん、きちんと読んだりはしない。大切なこと、たのしいものは、後にとっておきたかったのだ。

では、その教科書を実際に読んでみたとき、どんなふうに感じたのだろう。実は、よく覚えていないのである。

ぼくは熱心に勉強をする生徒ではなかった。教室という場所は、なんだか退屈だった。あんなに楽しみにしていたのに、教科書より、窓から見える空の雲を眺める方が楽しかった。学校で授業を受けるうちに、あの、燃え上がるような「知りたい」という気持ちは、いつの間にかなくなっていたのだ。

学生だった頃、図書館で、ぼんやりと、開架式の棚に、隙間なく詰めこまれた、古い本たちの背中を眺めることが好きだった。

そこには、たくさんの本たちがいた。何十年、ときには何百年も前に、誰かがそこに、大切なことを書きこんだのだ。その本たちを開く資格は、ぼくにはまだない。そう思っていた。だから、ただ、ぼくは背中に書かれた本の題名と著者の名前を見て、その中身を想像するだけだった。それは、いつもそこにあるものだった。そして、いつか頁をめくられるのを待っているのだ。

「いろいろなことを知って、『ぼくたち』が必要になったときに、いつでもおいで」

古い本たちは、そんなことをいっているようだった。苦しいとき、悩みがあるとき、それから、ちょっとおかしいのだけれど、なにもすることがないしする気もないときにも、図書館に行き、本たちの背中を眺めた。すると、元気になれた。読むどころか、手にとることさえしなかったのに。

生涯でいちばんたくさん本を読んだのは、東京拘置所にいた十九歳の頃の七カ月だった。三畳の独房で、朝起きてから消灯までのおよそ十二時間、トイレも兼用の小さな作りつけの椅子に座り、洗面台兼用の机に向かって、ただひたすら本を読んだ。読みたいという気持ちがあふれ、その気持ちを叩きつけるように、ひたすら読むことに没頭した。けれども、なにを読んだのかはほとんど覚えていない。

いまでも、本棚の本を探していると、ときどき、「私本閲読許可証」のラベルを貼ったものが見つかる。半世紀も前、拘置所で読んでいた本、差し入れられた本だ。でも、ぼくには読んだ記憶がない。ただ、「なにかを読んでいた」という記憶だけが残っている。

二十代はずっと肉体労働に従事していて、読書から、本から遠ざかった。まるで読もうとは思わなかった。もしかしたら、読むことを恐れていたのかもしれない。最初のうちは、「読みたい」という気持ちが残っていた。やがて、その気持ちも薄れ、ついには、なくなった。良かった、と思った。

三十歳になって、「読みたい」という気持ちが突然よみがえった。最初のうちは警戒していた。その気持ちは、いつも、ぼくを遠くへ連れてゆくからだ。

その日が来た。仕事を休み、前の日、横浜の有隣堂で買った本を持って、「港の見える丘公園」の近くにある喫茶店「えの木てい」まで行った。ぼくの他に客はおらず、窓からは木と豊かに繁った濃い緑の葉が見え、その葉の上で、午前中の柔らかい光が躍っていた。机の上にコーヒーが置かれ、その横に、持って来た本があった。本にも光が当たっていた。何年かぶりに読む本だった。

あの日、ぼくは、その本を読んだのだろうか。その本のタイトルも読んだかどうかも覚えていない。覚えているのは、ずっと窓の外の木の葉を見ていたことだ。そして、ぼくは、ほんとうに、心の底から幸せだと感じていた。

それからはずっと本を読んでいる。一日も欠かさず、今日まで。だって、なにかを知ることは、たのしいことだからだ。

＊

大学の先生になり、十四年、学生たちを教えた。それ以上に、学生たちからたくさんのことを教えてもらった。そのことについては、感謝しかない。

心残りがあった。もっといろいろなことができたのに、と思った。

ほんとうに学びたい、なにかを知りたいと、心から願う人たちと一緒に、学べる場所を作ろうと思った。教えることはできないが、共に学ぶことならできるかもしれない。そう思った。

小さな、小さな、「私塾」を作ろうと思ったのだ。

そこには、「教科書」があるといいな、と思った。

もちろん、どんな本も「教科書」になるのだ。それぐらい、ぼくにもわかる。けれども、そこに、ふつうに、ポツンと「教科書」があるのも悪くはない。それが、ぼくが小学生になったときの「教科書」のようなものだと、とてもうれしい。あるいは、ぼくが好きだった本たちに似たものだったら。

ただ、そこにあるだけで、あるいは、いるだけで、力づけてくれるようなもの。そこにあると、落ちつくもの。安心できるもの。でも、よく考えると、ちょっと不安にさせてくれるもの。手にとって、ちょっとだけ中身を読んで、なんかいいな、あとで読んでみようかな、と思えるもの。えっ、これは知らなかったな、ああ、こんな考え方があったのか、びっくり、と思えるもの。そういう本。たのしい本、喜びに満ちた本。

そうだ。「教科書」を書いてみよう。自分で書くのだ。

そう思った。

どんな本になるのか皆目、見当もつかなかったけれど、「教科書」を書いてみるのだ。

ある雑誌にお願いして、いままで書いたことのないものを連載することにした。いつか、「教科書」になるものだ。

「教科書」だから、いろいろなものが入っている。なにより、いろいろな人たちのことばが。ぼくが知りたいと思ったことについて、誰よりもよく知っている人たちのことばだ。

それを読んでもらいたい、と思った。耳をかたむけてもらいたいと。ぼくと一緒に。ぼくのことばより、もっと大切な、その人たちのことばを、あるいは、ことばに、特に。そして、そこに混じっている、ぼくのことばにも、少しだけ注意をむけてくれれば、それでいい。そこでは、ぼくも読者のひとりなのだ。

これは、そんな「教科書」の一冊目になる。あなたたちのそばに、本棚のどこかとか、あるいは、机の隅にでも置いてもらえたら、それだけでもうれしい。頁を開いてもらえたら、そこまで来てもらえたら、もっとうれしい。「教室」で、待っています。

ぼくらの天皇（憲法）なんだぜ

ぼくたちには「知識」が必要なんだ

知識が必要だ、とずっと思ってきた。

それは、学校で教えてくれる、受験に役立つ知識ではないし、それを知ることでなにかの専門家になったり、他の、知識のない人をやっつけるための知識でもない。ぼくたちが生きてゆくとき、なにか困難なことが生じたら、自分の「考え」で対処したい。そのときに必要なのは、付け焼き刃の、つまり、「植えつけられた」知識ではない。

どこまでも納得のいくまで学ばなければわからないことがある。そして、たいていのことを、ぼくたちはみんな知らない。ほんとうは知らないはずなのに、そのことに、ほとんど気づかない。

東日本大震災のとき、ぼくは、ある新聞で論壇時評という仕事をしていた。そして、原発事故が起こり、原子力発電をめぐり、たくさんのことが書かれた。けれども、ぼくは、その問題については、ほとんど書くことがなかった。というのも、ぼくには、その「原子力発電」をめぐる知識がほとんどないように思えたからだ。

もちろん、どんなことがらをめぐっても「完全な知識」を持つことはできない。どんな専門家でも「完全な知識」など持つことはできないからだ。そして、不完全と知ってはいても、その不十分な知識で、なにかについて語らなければならないときがある。

ぼくは、「原子力発電」について、勉強を始めた。ぼくは、自分がなにも知らないことだけは知っていた。「原子力学会」の機関誌を過去に遡って手に入れて読んだ。「原子力」に関する基礎的な本から読んでいった。そもそも、そんな本を読む能力に乏しいと気づいたので、「物理学」の初歩の本から読んだ。そして、いちばん必要そうな「原子炉工学」を大学一年生程度の基礎の教科書からゆっくり読んでいった。

二〇一一年の暮れまで、およそ九カ月、ぼくは「原子力」について学んだ。少しは、「原子力」について書くことができる、と思ったときには、もう書くべき機会は失われていた。それでも、その「知識」は、いまでもぼくの内側に残っていて、もしかしたら来るかもしれない機会をずっと待っている。

知識が必要だ。誰でもそう思う。けれど、ほんとうに、心の内側から溢れるように、そう思わなければ、どんな知識も、ただ紙に印刷された文字の連なりにすぎない。

『金子文子　わたしはわたし自身を生きる――手記・調書・歌・年譜』（鈴木裕子編、梨の木舎、二〇〇六年、『何が私をこうさせたか――獄中手記』金子文子著、岩波文庫、二〇一七年）という本を読んだ。

最近、『金子文子と朴烈（パクヨル）』という韓国映画が公開されて、そこで彼女の名前を初めて知った人も多かっただろう。ぼくたちは、韓国の人たちに教えられたのだ。

その映画の主人公であり、一冊の自伝を残して死んだ、金子文子という人のことを書いておきたい。

金子文子は、一九〇三年（明治三十六年）に横浜で生まれた。父親は刑事だった。文子の父は、文子の母も文子も戸籍に入れなかった。そのために、彼女は長く無籍者として暮らした。また、彼女の家はひどく貧しかった。そのために、文子は、ほとんど学校に行くことができなかった。小学校に入学の時期が来たときのことを文子は、こう書いている。

「私の家から半町ばかり上に私の遊び友達が二人いた。二人とも私と同い年の女の子で、二人は学校へあがった。海老茶（えびちゃ）の袴（はかま）を穿（は）いて、大きな赤いリボンを頭の横っちょに結びつけて、そうして小さい手をしっかりと握り合って、振りながら、歌いながら、毎朝前の坂道を降りて行った。それを私は、家の前の桜の木の根元に踞（しゃが）んで、どんなに羨（うらや）ましい、そしてどんなに悲しい気持ちで眺めたことか。

ああ、地上に学校というものさえなかったら、私はあんなにも泣かなくって済んだだろう。だが、そうすると、あの子供達の上にああした悦びは見られなかったろう。

無論、その頃の私はまだ、あらゆる人の悦びは、他人の悲しみによってのみ支えられているということを知らなかったのだった。

私は二人の友達と一緒に学校に行きたかった。けれど行く事ができなかった。私は本を読んでみたかった。字を書いてみたかった。けれど、父も母も一字だって私に教えてはくれなかった。父には誠意がなく、母には眼に一丁字（ていじ）もなかった。母が買い物をして持って帰った包紙の新聞などをひろげて、私は、何を書いてあるのか知らないのに、ただ、自分の思うことをそれに当てはめて読んだものだった」

明治の末、「学びたい」と焦げるような思いを抱いた若い女がいた。文子は、凄まじい貧困の中で、それでも、時々は、学校に通うことができた。学校では、いつも、文子は誰よりも優れた知力を示した。だが、無籍者であり、極度の貧しさ故に、文子は、出席しているのに名前も呼んでもらえず、誰もがもらえる通知表すらもらえなかった。

父に捨てられた母親が、のちに文子を置いて再婚した頃、父方の祖母が現れ、家を継いでもらうからと文子を、併合という名で支配を始めていた朝鮮に連れていった。

文子は初めて希望を得た。自由に学べる環境を手に入れたのではないかと。

だが、その希望はすぐに潰えた。祖母が欲しかったのは、従順になんでもいうことを聞く、奴隷のような孫だった。強い意志を持つ文子を祖母は嫌い、すぐに叔母と共にイジメるようになった。

来る日も来る日も、執念深いイジメが続いた。そのイジメ方は、日本人高利貸しとして朝鮮人に対するときと同じ態度であった。

ついに、その日が来た。苦しさに耐えられなくなった文子は「死のう」と決めたのである。その瞬間、文子は解放された気がした。やっと自由になれると思った。

文子は、駅の近くの踏切まで走った。だが、飛び込むはずの汽車は既に通りすぎていた。澄みきった頭で、文子は次の決断をした。深い淵のある川岸に向かって走ったのである。

川岸にたどり着くと、文子は落ち着いて、砂利を袂（たもと）に入れた。重しにするためだった。さらに、赤いメリンスの腰巻きをはずし、石を入れてくるくる巻き、帯のようにして腹に巻いた。文子は一歩、前へ踏み出した。目の前では、あお黒い油のようなねっとりした水が波一つなく広がっていた。その底には、伝説の龍がいて自分を待っているような気がした。

文子が淵に向かって飛びこもうとした瞬間のことだった。突然、頭の上でアブラゼミがジイジイと鳴きはじめた。

「私は今一度あたりを見まわした。何と美しい自然であろう。私は今一度耳をすました。何という平和な静かさだろう。

『ああ、もうお別れだ！　山にも、木にも、石にも、花にも、動物にも、この蝉の声にも、一切のものに……』

そう思った刹那（せつな）、急に私は悲しくなった。

祖母や叔母の無情や冷酷からは脱（のが）れられる。けれど、けれど、世にはまだ愛すべきものが無数にある。美しいものが無数にある。私の住む世界も祖母や叔母の家ばかりとは限らない。世界は広い」


文子はアブラゼミが鳴く柳の木によりかかりながら静かに考えこんだ。さっきまで、「死」が覆い尽くしていた世界は、いま「生」に満ち満ちていた。そのとき、文子はまだ十三歳の少女だった。


「私は死の国の閾（しきい）に片足踏み込んで急に踵（きびす）を返した。そしてこの世の地獄である私の叔母の家へと帰った。帰って来た私には一つの希望の光が――憂鬱（ゆううつ）な黒い光が――輝いていた。そして今は、もうどんな苦痛にも耐え得る力をもっているのだった。

私はもう子供ではなかった。うちに棘（とげ）をもった小さな悪魔のようなものであった。知識慾が猛然として私のうちに湧き上ってきた。一切の知識をだ。世の中の人はどういう風に生きているのか。世の中には一体、どんなことが行われているのか。ただ人間の世の中のことばかりではない。虫や獣物の世界に、草や木の世界に、星や月の世界に、一口に言えばこの大きな大自然の中に、どんなことが行われているのか。そういった学校の教科書で教えられるようなそんなけちな知識ではない。

学校においては運動や遊戯を、家庭においては一切の自由を、それらのすべてを奪われた私である、けれど私のうちに生きている生命はそれで萎縮してしまうほど弱いものではなかった。生命の意慾！　それをどこかに私は排口を見出さねばならなかったのだ」

家では、本も新聞も読むことを禁止された文子は、女中部屋のような自分の部屋に貼られた古新聞を暗記するほど読んだ。自分が生きている世界の秘密を知りたい。誰よりも強い知識欲にかられながら、文子は成長し、ひとりで生きて、やがて、朝鮮人革命家・朴烈と出会い、小さな革命組織に入る。そして、日本の歴史の中で四度しかない「大逆事件」の首謀者として逮捕されるのである。

金子文子と朴烈が計画したとされる「天皇、皇太子（ヒロヒト）暗殺未遂」事件は、現在では冤罪であったとされている。ここでは、そのことには深くは触れない。

だが、金子文子は、「死の国の閾」から戻り、働きつづけ、そして学びつづけた。そして、獄中生活をおくった文子は、独房で自伝を書いた。いま読むことのできる文子の文章は、それだ。それは、自分で自分を教育するしかなかったひとりの若い女が作り出したものだった。

やがて、長い獄中生活の果て、死刑判決がくだされた。だが、「冤罪」であることをよく知っていた国は、ただちに、摂政（ヒロヒト）の名の下に「無期懲役への減刑」を発表した。数カ月後、文子は、摂政（ヒロヒト）からの減刑を拒み、刑務所の中で自殺した。享年二十三歳だった。

文子が残した長大な自伝は、こんな文章で終わっている。

「私の手記はこれで終る。これから後のことは、朴と私との同棲生活の記録のほかはここに書き記す自由を持たない。しかし、これだけ書けば私の目的は足りる。

何が私をこうさせたか。私自身何もこれについては語らないであろう。私はただ、私の半生の歴史をここにひろげればよかったのだ。心ある読者は、この記録によって充分これを知ってくれるであろう。私はそれを信じる。

間もなく私は、この世から私の存在をかき消されるであろう。しかし一切の現象は現象としては滅しても永遠の実在の中に存続するものと私は思っている。

私は今平静な冷やかな心でこの粗雑な記録の筆を擱く。私の愛するすべてのものの上に祝福あれ！」

ぼくたちはふつう、「学ぶ」ということを「学校」で「教師」から教わるという形で始める。

「学校」とは、公的なサーヴィスで、そこには、「教える」ことを専門とする「教師」という職業の人がいて、その「教師」という人は、手に「教科書」というものを持って、その「教科書」を読めば「正解」にたどり着くことができる。その「正解」への道を、「教師」は知っていて、それを「生徒」たちに伝えることを「学ぶ」というのである。

ほんとうにそうなのだろうか。

人間は、「学校」などなかった頃から、ずっと「学ぶ」ことをやって来た。そうでなければ、人間は、獣のままだったろう。

金子文子のその本には、自伝だけではなく、検察官の手による膨大な彼女の調書や短歌などもおさめられている。

そこには、生き生きとした人間の「知性」があるように、ぼくには思えた。

金子文子は、近代教育体制から放置されたところにいた女の子が独力で、自分を教育した例だ。そこには、鮮烈な「知識」への欲求があった。

彼女が知りたかったのは世界の秘密だった。それを教えてくれる「教師」を探す旅に彼女は出かけた。実際には、「社会」が彼女の「教師」になった。

彼女の目の前にいた、あるいは、共に働いた、貧しい労働者が彼女の「教師」だった。

彼女が教わった「知識」は、紙の上にではなく、日々揺れ動く現実の中にあった。

もちろん、彼女は、本も読んだ。ただ読んだのではない。たえず、現実の世界にいる人たちの表情を見つめ、ことばに耳をかたむけながら、読んだ。だから、彼女は、本の世界に閉じこもることはなかった。

なにより、なにかを知るとき、彼女はとても嬉しそうだった。

まだ十三歳だった金子文子が、柳の木にもたれて、頭上のセミの鳴き声に聞き入っていたとき、彼女が聞いていたのは、生きもののあげる声というよりも世界が発する音楽だった。そこは、生きるに値する場所だった。そして、そこには、自分にはわからない秘密があるのだ。だったら、それを知りたい。もっとよく生きるために。

そうやって、彼女は学び始めた。

ぼくも、そんなふうに学びたい。生き生きとした世界の秘密を知りたい。ほんとうにそう思う。なにかを知ることは、楽しいことだからだ。

これを読んでくれるみなさんも、そう思ってくれるととてもうれしい。

世界という大きな本の頁を開きます。みなさんも読んでください。なにが書いてあるのかは、ぼくにもまだわからないのです。

「天皇」ってなんだ?

およそ百年ほど前、路上で学んだひとりの女性、金子文子は、自分が生きている世界の謎の一つに直面した。それは「天皇」だった。

「天皇」って、なんだろう。どうして、あんなにエラいんだろう。どうして、天皇の名の下に、戦争が始められたり、人びとが苦しめられたりするんだろう。どうして、みんな

「天皇陛下万歳！」っていうんだろう。もしかしたら、そこに、あたしたちの社会の秘密があるんじゃないだろうか。

そう考えた金子文子は、天皇について勉強した。そして、天皇がいなくならないと、この社会はよくならないという結論に達した。それは許されない結論だった。だから、彼女は逮捕され、やがて、獄中で死ぬことになった。

それから百年たって、天皇の性質は少し変わった。けれども、「わからない」という点ではあまり変わらない。

どうして、天皇（とその家族）は、名前だけあって、姓がないの？

天皇は、離婚したり、他の職についたり、海外に移住したり、できないの？　できない、としたらなぜ？

天皇は、政治的なことができない、っていうけど、じゃあ、「表現の自由」は許されていないの？　なんで、どうして？

確か、天皇は退位できないっていわれていたのに、今回できたのはなぜ？　でもって、どうして「上皇」なんてものになったの？

それから、天皇は男しかなれないみたいだけれど、どうしてなの？　同じ「王さま」

（？）でも、イギリスなんか、女王さま、オッケーなのに。なんで？

天皇と首相って、どっちがエラいの？

天皇って、確か、「国民統合の象徴」かなんかだったと思うけど、それ、どういう意味？ ついでにいうと、国民じゃないわけ？

ねえねえ、そんなにわけわかんないんだったら、「天皇制」とかやめたら？ やめて、なにか問題があるの？ やめられない理由は？

その他いろいろ。こういったことは誰に訊いたらいいんだろう。ヤフー知恵袋？ それもいいアイデアかもしれない。でも、いちばんいいのは自分でなんでも調べてみることだ。探偵は現場に足を運ぶものだから。

天皇のことを知るために、
まず「憲法」をじっくり読んでみよう

天皇のことを知るためには、天皇についての情報が書いてあるところに行かなきゃならない。どこ？ もちろん、憲法だ。そこに、天皇とはなにか、ってことが書いてある（らしい）。まず、読んでみよう。参考文献は、『日本国憲法』（長谷部恭男解説、岩波文庫、二〇一九年）だ。日本国憲法、って、どんなふうになっているのかな。

「朕は、日本国民の総意に基いて、新日本建設の礎が、定まるに至つたことを、深くよろこび、枢密顧問の諮詢及び帝国憲法第七十三条による帝国議会の議決を経た帝国憲法の改正を裁可し、ここにこれを公布せしめる。

御名　御璽

昭和二十一年十一月三日

内閣総理大臣兼
外務大臣　吉田　茂
国務大臣　男爵　幣原喜重郎

以下略」

これは、日本国憲法誕生の産婆みたいなものだ。この文章が、日本国憲法の前に（この本では）置かれている。なんだ、日本国憲法は、その前の「帝国憲法」を改正したものだったんだ。おまけに、昭和天皇（ヒロヒト）が自分の名前で公布しているんだ。

まあ、いい。このことは後でじっくり考えることにしよう。そして、いよいよ、「日本国憲法」がこんなふうにスタートする。注意して、じっくり読んでください。

「　　日本国憲法

日本国民は、正当に選挙された国会における代表者を通じて行動し、われらとわれらの子孫のために、諸国民との協和による成果と、わが国全土にわたつて自由のもたらす恵沢（けいたく）を確保し、政府の行為によつて再び戦争の惨禍が起ることのないやうにすることを決意し、ここに主権が国民に存することを宣言し、この憲法を確定する。そもそも国政は、国民の厳粛な信託によるものであつて、その権威は国民に由来し、その権力は国民の代表者がこれを行使し、その福利は国民がこれを享受する。これは人類普遍の原理であり、この憲法は、かかる原理に基くものである。われらは、これに反する一切の憲法、法令及び詔勅を排除する。

日本国民は、恒久の平和を念願し、人間相互の関係を支配する崇高な理想を深く自覚するのであつて、平和を愛する諸国民の公正と信義に信頼して、われらの安全と生存を保持しようと決意した。われらは、平和を維持し、専制と隷従、圧迫と偏狭を地上から永遠に除去しようと努めてゐる国際社会において、名誉ある地位を占めたいと思ふ。われらは、全世界の国民が、ひとしく恐怖と欠乏から免かれ、平和のうちに生存する権利を有することを確認する。

われらは、いづれの国家も、自国のことのみに専念して他国を無視してはならないのであつて、政治道徳の法則は、普遍的なものであり、この法則に従ふことは、自国の主権を維持し、他国と対等関係に立たうとする各国の責務であると信ずる。

日本国民は、国家の名誉にかけ、全力をあげてこの崇高な理想と目的を達成することを誓ふ」


これが、いわゆる「日本国憲法前文」だ。みなさんも、何度も読んだことがあるだろう。「朕は」の文章とはずいぶん違う。この「前文」については、また後で、ゆっくりと考えることになるだろう。そして、「前文」が終わると、「本文」が始まる。

「第一章　天皇

〔天皇の地位と国民主権〕
第一条　天皇は、日本国の象徴であり日本国民統合の象徴であつて、この地位は、主権の存する日本国民の総意に基く。
〔皇位の世襲〕
第二条　皇位は、世襲のものであつて、国会の議決した皇室典範の定めるところにより、これを継承する。
〔内閣の助言と承認及び責任〕
第三条　天皇の国事に関するすべての行為には、内閣の助言と承認を必要とし、内閣が、その責任を負ふ。
〔天皇の権能と権能行使の委任〕
第四条　天皇は、この憲法の定める国事に関する行為のみを行ひ、国政に関する権能を有しない。
2　天皇は、法律の定めるところにより、その国事に関する行為を委任することができる。
〔摂政〕
第五条　皇室典範の定めるところにより摂政を置くときは、摂政は、天皇の名でその国事に関する行為を行ふ。この場合には、前条第一項の規定を準用する。
〔天皇の任命権〕
第六条　天皇は、国会の指名に基いて、内閣総理大臣を任命する。
2　天皇は、内閣の指名に基いて、最高裁判所の長たる裁判官を任命する。
〔天皇の国事行為〕
第七条　天皇は、内閣の助言と承認により、国民のために、左の国事に関する行為を行ふ。
一　憲法改正、法律、政令及び条約を公布すること。
二　国会を召集すること。
三　衆議院を解散すること。
四　国会議員の総選挙の施行（しこう）を公示すること。
五　国務大臣及び法律の定めるその他の官吏の任免並びに全権委任状及び大使及び公使

の信任状を認証すること。
六　大赦、特赦、減刑、刑の執行の免除及び復権を認証すること。
七　栄典を授与すること。
八　批准書及び法律の定めるその他の外交文書を認証すること。
九　外国の大使及び公使を接受すること。
十　儀式を行ふこと。

〔財産授受の制限〕
第八条　皇室に財産を譲り渡し、又は皇室が、財産を譲り受け、若しくは賜与することは、国会の議決に基かなければならない」

これが、憲法に書かれた「天皇」の「お仕事」と「あり方」のすべてだ。他に、天皇が「どのようにあるべきなのか」を書いた文章はどこにも存在しない。そう考えると、意外に地味だな、と思う。ものすごく簡単にいうと、「天皇」の「お仕事」は二つある。

（1）象徴（これを「お仕事」といっていいのかどうかはわからないけれど）。

（2）国事行為の十個。

逆にいうと、（1）と（2）の「お仕事」をする人のことを「天皇」っていうみたいだ。このことも後で考えることにしよう。では、もう少し、「憲法」の中を進んでみよう。

「第二章　戦争の放棄

〔戦争の放棄と戦力不保持及び交戦権の否認〕

第九条　日本国民は、正義と秩序を基調とする国際平和を誠実に希求し、国権の発動たる戦争と、武力による威嚇又は武力の行使は、国際紛争を解決する手段としては、永久にこれを放棄する。

2　前項の目的を達するため、陸海空軍その他の戦力は、これを保持しない。国の交戦権は、これを認めない」

すごく有名なやつだ。日本人の大半は、「前文」と「第九条」の条文だけは、なんとなく覚えている。どこかで読んだ覚えがある。ということは、他の条文のことは、あまり知らないってことなんだろうか。そのこともなんだか気になる。もう少し先へ進もう。

「第三章　国民の権利及び義務

〔国民たる要件〕
第十条　日本国民たる要件は、法律でこれを定める。
〔基本的人権の永久性〕
第十一条　国民は、すべての基本的人権の享有を妨げられない。この憲法が国民に保障する基本的人権は、侵すことのできない永久の権利として、現在及び将来の国民に与へられる」

となって、後は〔自由及び権利の保持義務と公共の福祉〕に関する第十二条、〔個人の尊重と幸福追求権〕を定めた第十三条、等々と続いてゆく。
うん。当たり前じゃないか。そう思う。ふつうは。でも、気になる。なんとなく、ぼくは気になる。どうして、っていわれても困るけれど。

ぼくが大事にしていることの一つが、「なんとなく気になる」ことは大切にしよう、ということだ。ぼくは、誰のために知りたいのか。それは、もちろん、自分のためだ。

学校や先生や社会やその他いろいろ、から「これが大事だよ、このことを勉強しなさい」っていわれても、すぐに従う必要はない。後になって、「なんだ、大事だよっていうから、勉強してみたけど、ぜんぜん役に立たなかったよ」って後悔したくはないからだ。

自分のアンテナに引っかかって「これが気になるんだ」ってことなら、勉強した後で、大したことないってわかっても、ぜんぜんオッケーだ。ぼくたちは、自分のアンテナを磨かなきゃならない。

とはいっても、「ただ気になる」じゃダメだ。実は、日本国憲法をじっくり読む前に、他の国の憲法も読んでみた。いくつも。そのせいだろうか。ぼくたちの憲法だけ、なんだかすごくちがう気がした。どこが？　どうして？　だから、ぼくは、他の国の憲法たちを真剣に読むことにした。そして、びっくりしたんだ。

じゃあ、他の国の憲法はどうなっているのか確認するために、まとめて読んでみた

・アメリカ合衆国憲法

アメリカ合衆国憲法は一七八八年に成立した。そして、なんとそのまま残ってる！　知ってましたか？

「われら合衆国人民は、より完全な連合を形成し、正義を樹立し、国内の平穏を保障し、共同の防衛に備え、一般的福祉を増進し、そしてわれらとわれらの子孫のために自由の恵沢を確保する目的をもって、ここにこの憲法をアメリカ合衆国のために制定し、これを確立する」（ここからドイツまでは『新版　世界憲法集　第二版』〔高橋和之編、岩波文庫、二〇一二年〕からの引用）

これが、いわゆる「前文」なんだ。日本国憲法前文以外では「恵沢」ということばが初めてでてきた。憲法専用に使われていることばなんだろうか。でも、「前文」はここで終わって、すぐに本文が始まる。

「第一条〔合衆国議会〕

第一節〔立法権、二院制〕この憲法によって付与される立法権は、すべて合衆国議会に属する。合衆国議会は、上院及び下院でこれを構成する」

えっ？　こんなところから始まってるのか、って思うよね。この後も第二条が〔合衆国大統領〕、第三条が〔合衆国の司法権〕、第四条が〔連邦制〕、第五条が〔憲法修正〕、第六条が〔最高法規〕、そして最後に、第七条〔憲法の承認及び発効〕で独立のために集まった十三州の代表の署名、となってる。それで終わり？　これじゃあ、書いてないことが多くない？　その通り。だから、この後、いわゆる「修正条項」（というか、追加条項）が続々加わってくるんだ。

「修正第一条〔政教分離、信教及び表現の自由、請願の権利〕

合衆国議会は、国教を樹立する法律もしくは自由な宗教活動を禁止する法律、または言論もしくは出版の自由または人民が平穏に集会し、不平の解消を求めて政府に請願する権利を奪う法律を制定してはならない。

修正第二条〔武器の保有権〕
よく規律された民兵は、自由な国家の安全にとって必要であるから、人民が武器を保有し携帯する権利は、これを侵してはならない」

さすがアメリカ、いきなり「修正第二条」が「武器の保有権」。特徴ありすぎだよね。
では、次はフランス憲法。

・フランス憲法（一九五八年憲法）

「前文
フランス人民は、一七八九年宣言により規定され、一九四六年憲法前文により確認かつ補完された人の諸権利と国民主権の諸原理に対する至誠、および、二〇〇四年環境憲章により規定された権利と義務に対する至誠を厳粛に宣言する。

これらの原理および諸人民の自由な決定の原理の名において、共和国は、加盟意思を表明する海外諸領に対し、自由・平等・友愛の共通理念に基礎づけられ、諸領の民主的発展をめざして構想されたところの新制度を提供する。

第一条〔共和国の基本理念〕

1 フランスは、不可分の、非宗教的、民主的かつ社会的な共和国である。フランスは、出自、人種あるいは宗教の区別なく、すべての市民の法の前の平等を保障する。フランスは、あらゆる信条を尊重する。フランスは、地方分権的に組織される。

2 法律は、選挙で選ばれる代表者的任務、選挙により就任する職務、および、職業あるいは社会における責任ある地位への男女の平等な参画を促進する。

第一編　主権について

第二条〔共和国の言語・国旗・国歌・標語・原理〕

1 共和国の言語は、フランス語とする。

2　共和国の紋章は、青、白、赤の三色旗とする。
3　国歌は、ラ・マルセイエーズとする。
4　共和国の標語は、自由・平等・友愛とする。
5　共和国の原理は、人民の人民による人民のための統治である。
第三条〔主権の帰属・選挙・平等参画〕
……以下略」

こうやって見てみると、憲法のいちばん最初の部分は「我が国のポリシー」的なにかになるみたいだ。フランス憲法は、かなり熱い感じがする。では、お隣のドイツは、どうなっているのかな。

・ドイツ連邦共和国基本法（ボン基本法）

「前文
ドイツ国民は、神及び人間の前での責任を自覚し、統合されたヨーロッパの対等の構成員として世界の平和に奉仕する意思に鼓舞されて、その憲法制定権力に基づき、この基本法を制定した。バーデン・ヴュルテンベルク、バイエルン、ベルリン、ブランデンブルク、ブレーメン、ハンブルク、ヘッセン、メクレンブルク・フォアポンメルン、ニーダーザクセン、ノルトライン・ヴェストファーレン、ラインラント・プファルツ、ザールラント、ザクセン、ザクセン・アンハルト、シュレスヴィヒ・ホルシュタイン及びテューリンゲンの各ラントのドイツ人は、自由な自己決定において、ドイツの統一と自由を完成させた。これにより、この基本法は、全ドイツ国民に適用されることになる。

一　基本権

第一条〔人間の尊厳、人権、基本権による拘束〕

1　人間の尊厳は不可侵である。これを尊重し、かつ、保護することは、すべての国家権力の義務である。

2　ドイツ国民は、それゆえ、世界におけるあらゆる人間共同体、平和及び正義の基礎として、不可侵かつ不可譲の人権に対する信念を表明する。

3　以下の基本権は、直接に適用される法として、立法、執行権、裁判を拘束する。

第二条〔人格の自由な発展、生命、身体の無瑕性への権利、人身の自由〕……以下略……

第三条〔平等〕

……以下略」

ドイツ憲法（ボン基本法）は日本と同じように敗戦国であったドイツが英米仏の占領下に施行したものだった。だから、日本国憲法にちょっと似ている。

日本国憲法とアメリカ・フランス・ドイツ憲法との違いは？

こうやって実際に読んでみると、憲法というものがどういうものなのか、わかってくる。やっぱり実物を見るのがいちばん手っとり早いみたいだ。

(1) まず、どの国の憲法にも「前文」みたいなものがある。

「前文」には、なんというか、その国の基本方針や根本理念や理想が書かれている。あまり見かけないことばが使われていたりもする。「恵沢」とかね。これは、もともとは、the fruitsということばだった。そうか「果実」という意味だったんだ。というか、「果実」の方がいい感じじゃないかな。

戦争で負けた国（日本やドイツ）の憲法は、威勢いいというより、マジメに反省している感じがする。一方、勝った国はなんだか堂々としている。フランスは、フランス革命の自由・平等・友愛のスローガンをずっと守っているし、アメリカは、独立宣言以来変わってない。どうも、根本的なところは、その国が何かの拍子に戦争で負けたりしない限り、変えなくてもいいみたいだ。

(2) でも、じっと読んでみると、「前文」の中身が、それぞれの憲法で微妙に違っているような気がする。いちばんわかりやすいのは、ドイツ憲法だ。まず、すごく短い前文なのに「責任」とか「世界の平和」ということばが入っている。戦争で負けるということは、こういう憲法前文を書かなきゃならない、ということなんだろう。そして、その後に来る本文の最初は「人権の尊重」だ。

どうも、世界の憲法を読んでみると、この形がスタンダードみたいだ。

「その国の理念」が書いてある「前文」→それが終わると、とりあえず「人権」。

アメリカは、とりあえず独立のために憲法を作り、「修正条項」を追加していった。修正第一条を読むと、そこに「人権」でもっとも大切な「信教及び表現の自由」や「請願の権利」が書いてある。それが、スタンダードなんだ。

じゃあ、フランスはどうだろう。「前文」＋「第一条〔共和国の基本理念〕」＋「第二条〔共和国の言語・国旗・国歌・標語・原理〕」までが、いわゆる「前文」的なものじゃないかな。そして、第三条からが、いよいよ「本文」、ふつうの「主権」的なものになるみたいなんだ。

さあ、そこまでわかってから、日本国憲法を読んでみよう。あなたたちは、どう思うだろうか。ぼくには、「第三章　国民の権利及び義務」からが「本文」のように思える。だって、ふつうの国の「憲法」では、そうなっているから。

だとするなら、逆に、日本国憲法では、「前文」＋「第一章　天皇」＋「第二章　戦争の放棄」までが、他の国の憲法たちの、「その国の理念」を書きこんだ「前文」的なもの、ということになるんじゃないだろうか。

ぼくが、こんなことを書くと、そりゃそうだろう。だって、日本には「天皇制」という、まあいってみれば、特殊な「王制」のようなものがあるんだから、それを「前文」に書きこんだって不思議はないだろう、って。みんな思うかもしれない。

ほんとに、そうなのかな。日本と同じように「王制」(みたいなもの)の国の憲法は、日本国憲法のようになっているのだろうか。

王様がいる国の憲法たちを読んでみよう

というわけで、まず、近くにある国で、しかも、王制が長く続いているタイ国の憲法を読んでみることにしよう。

・タイ国憲法

「第一章　総則

第一条〔国の不可分性〕

タイ国は一体、不可分の王国である。

第二条〔統治制度の原則〕

タイ国は国王を元首とする民主主義制度統治をとる。

第三条〔主権〕

主権は全タイ人に属する。元首である国王は本憲法の規定に基づき国会、内閣及び裁判所を通じてその主権を行使する。
国会、内閣、裁判所、さらには憲法に基づく機関及び国の機関は法の原則に従わなければならない。
第四条〔人の尊厳・権利・自由の保護〕
人間としての尊厳、人の権利、自由及び平等性は保護される」（日本貿易振興機構ホームページ「2007年タイ王国憲法」）

この国の憲法はあっさりしてる。「前文」（的なもの）も短い。しかも、国王は「元首」だよ、っていってるだけで、すぐ、主権がタイ人のものだってところになる。
次は、同じアジアで幸福度の高さで有名なブータンの憲法を見てみよう。

・ブータン国憲法

「ブータン王国二〇〇八年憲法（二〇〇八年七月十八日）

我らブータンの国民は、遍く三宝の慈悲、各自の護法尊への帰依、格別なる我らが指導者の御英知、吉祥具徳のブータンの未来永劫、ブータン傑出王ジグメ・ケサル・ナムゲル・ワンチュク陛下の御導きによる善良な威徳を、拠りどころとする。

ゆえに、いついかなるときにおいても、ブータン国の独立の維持、解放の聖徳の保持、司法及び平安の礎の確立並びに国民の一体、歓喜（幸福）、健康及び福祉の発展は、我らにより誠実な純心をもって誓約され続ける。

本憲法は、ブータン暦戊子年五月十五日、西暦二〇〇八年七月十八日にブータン国に成立し、発効したことを、ここに慶びとともに公布する。

祈願

薬地の八重蓮華の美麗なる農地において
政教が白光に輝くことにより
律せる戒による無辺なる果が豊かに満ち足りる吉祥となり
吉祥なる平安により富貴の因となることを祈らん
我が良き伝統の根本は至高なる全賢なりて
良縁なる民主の千弁は涼みたりて

立憲君主の統治そのものは
国の歓喜の熟した前果を味わわん
顕密を徳修して教えの旗とし
宗教的指導者により尊重される森林への哀れみを集め
庶民の豊富な一体の余裕と
富の善行の普及につき良好たらんことを

第一条　ブータン王国
1　ブータン国は、独立の王国であり、その主権は、ブータン国民の権利である。
2　その政体は、民主的立憲君主政である。
3　ブータンの国際的な領土は、境界が不変であり、その境域及び境界に何らかの変更を
……以下略」（「ブータン王国2008年憲法〔仮訳〕」『環日本海研究年報』一六号、二〇〇九年）

……とまあ、こんなふうに続いて、「第二条」が「王制」なんだ。
超カッコいい「前文」の後に、国民の「主権」、そしてその後が「王制」の説明。なる

ほど、国民の主権の方が優先されているんだね。でも、それはアジアの憲法だから？ ヨーロッパの王制の国の憲法はどうなっているか、調べてみよう。まず、スウェーデン。この国では憲法のことを「統治法」というようだ。では、「統治法」をどうぞ。

・スウェーデン統治法

「第一章　国家体制の原則

第一条

1　スウェーデンにおけるすべての公権力は、国民に由来する。

2　スウェーデンの民主主義は、自由な意見形成並びに普通選挙権及び平等な選挙権を原則とする。スウェーデンの民主主義は、代議制及び議会制の国家体制並びに地方自治を通じて実現される。

3　公権力は、法律に基づき行使される。

第二条

1　公権力は、すべての人の平等な価値並びに個人の自由及び尊厳を尊重して行使しなければならない。……以下略……

第三条

統治法、王位継承法、出版の自由に関する法律及び表現の自由に関する基本法は、国の基本法である」（国立国会図書館調査及び立法考査局「各国憲法集(1)スウェーデン憲法」）

スウェーデンでは、「前文」がなくて、いきなり「本文」。しかも、「王制」に関しては、統治法（憲法）には書きこまずに、別に法律を作っている（日本の「皇室典範」的な感じですね）。

そして、もう一つ。日本の皇室とも縁が深い王室があるオランダの憲法をどうぞ。この国も「前文」はなくて（なんだ、「前文」は必須のものじゃないのか）、いきなり一から始まるみたいだ。

・オランダ王国基本法

「第一章　基本権

第一条
　オランダに居住する全ての者は、同一の状況下では、平等に取り扱われる。信仰、生活信条、政治的見解、人種若しくは性別による差別又はいかなる理由によるものであれ、差別は認められない。
第二条
1　法律は、オランダ人の範囲について定める。
2　……以下略（こんな基本権が第二十三条まで続く）」

　そして、王様は第二章になってやっと登場する。

「第二章　政府
第一節　国王
第二十四条
　王位は、オラニエ＝ナッサウ公ウィレム一世の嫡出の子孫による世襲とする。
第二十五条

王位は、国王の死去の場合に、嫡出の子孫に継承され、その際には、最年長の子が優先され、代襲（王位継承者が国王よりも先に死去した場合における王位継承のこと）についても同じ規則に従う。国王に子孫がない場合には、王位は、同一の方法により、まず国王の親の、次に国王の祖父母の、嫡出の子孫であって、継承資格を有するものに、死去した国王との血縁が三親等よりも離れていない限り、継承される。

第二十六条

国王の死去の時点で王妃の胎内にある子は、王位継承については、既に生まれたものとみなす。死産の場合、その子は存在しなかったものとみなす」（国立国会図書館調査及び立法考査局「各国憲法集(7)オランダ憲法」）

世界のいくつもの憲法たちを読んでぼくが気づいたいくつかのこと

さあ、ぼくたちは、こうやって、日本国憲法と、それ以外の七つの国の憲法たちを読んでみた。有名な国の憲法たちもいるし、あまり有名ではない国の憲法たちもいる。それから、日本と同じように、「王さま」（っぽい――、というしかない。だって、天皇は、いわゆる

「王さま」と同じなのかどうかわからないから）がいる国の憲法たちもいる。

ぼくは、あえて、憲法とはなにかという話はしないで、ただ憲法たちを、みなさんと一緒に読んだ。みなさんは、どういう感想を持っただろうか。

ぼくの感想は、もうすでに書いたけれど、もう一度、メモ風に書いてみよう。

（1）どの国にも憲法はある（イギリスには、いわゆる「憲法」はないみたいだけれど、この点についてはまた考えよう）。

（2）そして、憲法には、まず、その国の基本的な考え方というか思想（？）を書いた「前文」を置くことにしているみたいだ。そうじゃないのもあるけれど。

（3）「前文」があるにせよ、ないにせよ、次に来る「本文」の最初では、「人権」みたいな、世界中のどの人間でも持っているはずの固有の権利について書かれている。

（4）じゃあ、日本国憲法はどうなっているかというと、いわゆる「前文」の後に来る「本文」なのに、第一章と第二章（一条から九条まで）は、なぜか「前文」っぽい。というのも、第三章から「人権」が始まるからだ。

（5）いや、そのうち、一条から八条までは、「天皇」のことを書いているから、それは、まあ「前文」みたいなもので、仕方ないんじゃないのかなあ。じゃあ、どうして、そんなところに九条があるのか……しかも、「人権」の前に。うーん、よくわからない。

（6）まあいい。「天皇」は「王さま」みたいなものだから、「前文」っぽく、「本文」の前に書くのは当然なんだろう。他の、王さまがいる国の「憲法」もそうなってるんじゃないかな。と思ったら、ちがっていた。

（7）「王さま」がいる「国」でも、「王さま」より、一般国民の人権の方が大切にされている。しかも、「王さま」についての説明は、憲法に書かれていない。「王さま」は「王さま」にすぎないし、それ以上でもそれ以下でもないんだ。

（8）だから、「天皇」のことをやたらに詳しく「前文」の後、いわゆる「本文」の前に書きこんでいる、日本国憲法は、世界的に見るとレアケース、ってことじゃないだろうか。

さて、ここまで具体的に、憲法の前文や条項を見た上で、憲法とはなにか、ってことを考えてみよう。ふつうは、「憲法とはなにか」が先で、「それぞれの国の具体的な憲法」のことは後なんだけれど、そうじゃない方が、なんだかよくわかるような気がするから、その順番にやってみることにしたんだ。

順番に習っていくのは、学校の授業のやり方だけれど、ほんとうになにかを知るためには、最初に、「これっておかしいよね」という疑問が来るんじゃないだろうか。ぼくは、そう思う。

憲法ってなんだ？　実はみんなが、「憲法とはこういうものだ」と思っているものじゃないみたいなんだ。「常識のウソ」ってやつだ。

ここから、ぼくたちは、『憲法とは何か』（長谷部恭男著、岩波新書、二〇〇六年）を読んでいくことにする。時々、他の本も参考にするかもしれない。

この本を選んだのは、ぼく（やみなさん）のような初心者には、すごくわかりやすいからだ。もちろん、あなたたちの中には、ものすごく憲法に詳しい人がいて、そういう人は、こんなことぐらい知ってる、と思うかもしれない。けれど、それでも、もう一度確認するのも悪くないと思う。というのも、専門家という人は、なんでもわかっている、と思うもので、逆に、初心者の悩みがわからなくなっている。初心者の素朴な疑問の中に、実は、なにかを学ぶ上で、大切なものが入っていることが多いんだ。そして、長谷部さんは、日本でも（というか世界でも）たいへん有名な憲法の先生なのに、ものすごく初歩的なところから教えてくれるんだよね。

（1）法律っていうのは不思議だ、と思いませんか？　たとえば、あなたが、どこかの家に忍びこんで、その家の主人が大切にしているピカソの絵（高いらしい）を勝手に持っていったら、たぶん、何日かして、警察官がやって来て、あなたは逮捕されて、裁判にかけられる。なんでだろう。「法律」があるからだ。当たり前？　でも、あなたは、誰かと特別な契約を結んで、「こういうことをしたら反則だから、反則の場合には、警察に捕まるよ」といわれたわけじゃない。その「法律」のことを知らなくても、「えっ、それダメなの？」とびっくりしても、捕まるときは捕まるし、そして、たぶん罰せられる。刑務所に送られるとか。

（2）（1）のことについては、みなさん、同意されると思う。じゃあ、あなたが誰かと結婚したいのに、周囲が反対するので、駆け落ちしたとする（どこかへ逃げるんだ。ロマンチックだね）。どうなるだろう。逮捕される？　そんなことはない、に決まってる！　いえいえ、逮捕される。ときには、死刑になったりする。そういう国もあるみたいだ。あることをやっても、逮捕されて捕まって死刑になったりすることも、なんにも問題ないこともある。「法律」はどうなっているの？

（3）（2）みたいなことが起こるのは、「法律」というものが「その国」の内側だけで通用するからだ。だから、「ある国」ではオッケーなことが、「その国」ではアウトになる。当然、その逆もある。で、「その国」という場合の「国」って何だろう。

（4）「憲法」って何だ？ その前に、「国って何だ？」ってことを考えなきゃならない。少し長いけれど、長谷部さんが書いた次の文章を読んでください。

「憲法からみて、あるいはより広く法の観点からみて、国民に対して守るよう要求できる『国』とは何であろうか。

実は、憲法が要求する『守るべき国』は、国土とも、人々の暮らしとも厳密には一致しない。刑法が内乱罪として処罰しているのは、『憲法の定める統治の基本秩序を壊乱すること』である。憲法九九条等によって公務員に要求されているのも、憲法への忠誠であって、美しい国土や人々の暮らしへの忠誠ではない。アメリカを代表する保守的政治哲学者レオ・シュトラウスが喝破したように、古代ギリシャ以来、『政治犯罪』とは、現行の憲法に対する犯罪であって、憲法によって国家として構成される以前の裸の国土や人々の暮らしに対する犯罪ではない。

日本人が太平洋戦争を通して守ろうとしたのも、天皇主権と、さらには資本主義経済秩序という『国体』、つまり、戦前の憲法の基本秩序である。

一九四五年八月に政府が無条件降伏し、憲法を変えることを受け入れたのは、それ以上の国土と暮らしの破壊を防ぐためであった。つまり、国土と暮らしを守るためにこそ、『国体』は変更されたわけである。冷戦で争われていたのも、共産主義かリベラル・デモクラシーかという、各陣営の標榜する憲法の基本原理である。国土と人々の暮らしを守るには、むしろ自分たちの憲法を書き換えるべきことに東側諸国が気づいたとき、冷戦は終わった。

悲惨な犠牲を課す戦争を通じてでも守るよう憲法が要求しうるのは、あくまで自分自身の基本原理である。国土や人々の暮らしを守るためであれば、ときには、憲法自体を変更することが必要となる。とはいえ、いざとなれば、自分を基礎づける土台を変えるようにと、憲法自体が求めるはずはない。逆にいえば、憲法自身が一貫して守るよう要求できる『国』とは現在の憲法の基本秩序であり、日本国憲法の場合でいえば、リベラル・デモクラシーと平和主義である。ときに憲法パトリオティズム（憲法愛国主義）なる概念が語られることがあるが、憲法の想定する『愛国』とは、憲法によって構成された政治体としての国家に他ならないのであるから、この概念は畳語(じょうご)というべきであろう」

なんだかぴんと来なかったですか？ ぼくはびっくりしましたね。だって、長谷部さんは、こういってるからだ。

「あなたたちがなんとなくそうだと思っている憲法は、ほんとうの『憲法』じゃないし、あなたたちがなんとなくそう思っている国は、『国』じゃない」って。

「あなたたちがなんとなくそうだと思っている憲法は、
ほんとうの『憲法』じゃないし、
あなたたちがなんとなくそう思っている国は、
『国』じゃない」ってことについて

何かを学ぶ、というとき、いちばん大切なのは、こういうこと、つまり「なんとなくそう思っていることは、ほんとうはちがう」ってことに気づくことじゃないかと思う。ぼくの憲法に関する「学び」は、実はこうやって始まったんだ。

長谷部さんと「憲法」について話をしていたとき、話の途中で、長谷部さんは、急にこんなことをおっしゃった。

「タカハシさんが、さっきからいっている『憲法』ですが」

「はい」

「『憲法前文』とか『憲法九条』とか、ですね。それは、『憲法』じゃないんです」

「えっ……？」

「あれは紙に書かれた法律の文言だから、『憲法典』っていうんです」

「えっ……ということは、『憲法』と『憲法典』はちがうんですか……」

「そうです！」

どうです。みなさん、「前文」とか「九条」とか、ああいうことばたちが集まったもののことを「憲法」だと思ってないですか。ぼくはそう思ってました。でも、ちがうみたいです。というか、「憲法」というひとつのことばで、「憲法典」と、もっと深く本質的な「憲法」の両方を表している、と考えた方がいいみたいです。

じゃあ、その、いちばん大切な、紙に書かれた「憲法典」ではない方の「憲法」ってのは何だろう。長谷部さんは、「憲法」の定義をこう書いている——。「国家の構成原理」であると。

「ここでいう憲法とは、憲法典の内容をすべて指すわけではなく、国家の基本となる構成原理を指す。ワイマール時代のドイツで活躍した憲法学者、カール・シュミットの言い回しを使えば、憲法制定権力の担い手による決定の内容たる憲法である。……中略……『愛国心』なるものが向けられるのも、憲法によって構成される政治秩序に対してである。国家の基本となる構成原理という、この意味での憲法が変更されたとき、『体制変革(Regime Change)』が発生し、新たな政治秩序が発足する」

うん。そうだったのか。まず、ある国境の内側にある「国」で、誰かが(「制定権力」というらしい。ふつうは「国民」の代表なんだけれど、時々、例えば、その「国」が占領されていたりすると、別の誰かが加わったりしてややこしいみたい。この話も後でしよう)、その「国」の「根本原理」を決める。それが「憲法」だ。でも、これは「原理」なので、まだ文章になっていない。なので、それを「文章」にする。もっとも、実際には、それが同時進行で行われる。そして、その「国」の国民の前に、「憲法(典)」という形で、「憲法」がお披露目される。

しかし、「憲法典」に書いてあることが、そのまま「憲法」(の原理)なのかというと、そういうわけじゃない。つまり大したことじゃないことだって書いてあるみたいだ。

たとえば、参議院議員の任期は六年だが、これが改正されたからといって、「国のあり方」が根本的に変わったわけじゃない。長谷部さんはこう書いている。

「しかし、これに対して、憲法九条の定める平和主義、不戦の宣言を廃止したとすれば、日本の国の根本的なあり方が変わったと考える人が多いのではないだろうか。また、憲法に明文では定められてはいないが、個人の名誉やプライバシーが尊重に値する重要な利益であり、憲法に明記されている表現の自由を制約する理由にもなりうることは、長年の判例を通じて確認されている考え方であるが、こうした考え方をとることをやめて、名誉やプライバシーは表現活動を制約する根拠にはなりえないのだという考え方を採用したとすれば、日本の社会のあり方は、やはり根本的に変わったと考える人が多いであろう」

憲法は英語では constitution だ。研究社新英和中辞典によれば、その意味は、こう。

1　構成、組織、構造

2　a・体質、体格

　b・気質、性質

3　憲法（国家の基本的条件を定めた根本法）

4　政体・国体（a republican constitution 共和政体）

5　制定（すること）、設立（すること）、設置

さっきからいっている、「憲法」の「国の根本原理」の部分は3の一部ということになるだろう。ところが、もうちょっと大きく、1や4が示している「国の形」も、「憲法」の意味を担っているみたいなんだ。びっくりするのは、4に「国体」ということばが顔を出していることだ。戦前、日本（人）の国家観は「国体」ということばに集約されていた。「天皇を中心にした一つの国の形」を、日本人は「国体」と呼んでいた。あれは、「憲法」のもう一つの意味だったんだ。

さあ、これで、だいたいのことはわかったんじゃないだろうか。ぼくたちがなんとなく使っている「憲法」ということばには、どうやら三つほど意味がある。というか、三つも、少しずつ異なった意味があって、それが重なって、一つの「憲法」ということばや考え方

を示しているみたいなんだ。
それは、
●憲法典としての憲法……紙に書かれていて、国民の前に「これが憲法だよ」と指し示すことができるもの
●国の原理としての憲法……憲法典にも書かれていることが多いけれど、仮に書かれていなくても、国として、こういうあり方で生きていたいと考える理想
●国の形としての憲法……これは日本語では「国体」とか「憲法体制」とでも呼ぶべきもので、同じconstitutionということばにフィットしている。どういうものなのか、ちゃんと目で見える国の形だ。アメリカ憲法では、いきなり「議会」のことが出てきたよね。あれなんか、「憲法体制」のことが重要だっていってるんじゃないかな。

というわけで、なんだかややこしい。憲法学者のみなさんの中には、constitutionを「憲法」と翻訳したのがそもそものまちがいじゃないかという人もいるみたいだ。というのも、「憲」も「法」も、音読みすると、どちらも「のり」。つまり、意味としては単なる法、すなわち「ルール」にすぎない。「法」は、もともと、国家が個人をしばるものだけ

れど、「憲法」は、逆に、個人が自分の人権を守るために、国家（権力）に枠をはめるためのものなのだ（いわゆる「立憲主義」だ）。だとするなら、もともと、単に「ルール」や「法」の意味しかない「憲法」ということばを、constitution の訳語にするのは、おかしいじゃないか、というのである。なるほど。

実は、そのことに、最初から気づいていた人もいる。それは、なんとあの有名な福沢諭吉だったんだ。

では、ちょっと、福沢先生の『西洋事情』（福沢諭吉著、慶應義塾大学出版会、二〇〇二年）を開いて、確かめてみよう。

「政治に三様あり。曰(いわ)く立君モナルキ礼楽征伐一君より出ず。曰く貴族合議アリストカラシ、国内の貴族名家相集(つどい)て国政を行う。曰く共和政治レポブリック門地貴賤を論ぜず人望の属する者を立てゝ主長となし国民一般と協議して政(まつりごと)を為す。又立君の政治に二様の区別あり。唯(ただ)国君一人の意に随(したがっ)て事を行うものを立君独裁デスポットと云う。魯西亜(ロシア)、支那等の如(ごと)き政治、是(これ)なり。国に二王なしと雖(いえど)も一定の国律ありて君(くん)の権威を抑制する者を立君定律コンスチチューショナル・モナルキと云う。現今欧羅巴(ヨーロッパ)の諸国この制度を用ゆるもの多し」

ここで、福沢先生が「国律」と訳しているのが「コンスチチューション」だ。「国家」が「個人」を律するのではなく、(「個人」が)「国家」を「律する」法律。うーん、なんかぴったり。いまからでも遅くないけど、「憲法」じゃなく「国律」にした方がいいんじゃないのかな。

「一定の国律ありて君の権威を抑制する」、つまり「君主権」を抑制するものが「国律」、コンスチチューションなんだ。これぞまさしく「立憲主義」の考え方だったんだね。

……とまあ、いきなり「立憲主義」(最近よく聞く)ということばが出てきたけれど、その意味をもうちょっときちんと考えておくことにしよう。

「立憲主義」というと、

「ああ、国家権力を憲法でしばる、って考え方ね」

と思うかもしれないが、

そんなに簡単なことじゃない

あと少しで「日本国憲法」の謎に戻るので、最後の準備として、「立憲主義」について考えておくことにしよう。では、長谷部先生の講義の続きをどうぞ。

「立憲主義ということばには、広狭二通りの意味がある。本書で『立憲主義』ということばが使われるときに言及されているのは、このうち狭い意味の立憲主義である。広義の立憲主義とは、政治権力あるいは国家権力を制限する思想あるいは仕組みを一般的に指す。『人の支配』ではなく『法の支配』という考え方は広義の立憲主義に含まれる。古代ギリシャや中世ヨーロッパにも立憲主義があったといわれる際に言及されているのも広義の立憲主義である。

他方、狭義では、立憲主義は、近代国家の権力を制約する思想あるいは仕組みを指す。この意味の立憲主義は近代立憲主義ともいわれ、私的・社会的領域と公的・政治的領域との区分を前提として、個人の自由と公共的な政治の審議と決定とを両立させようとする考え方と密接に結びつく。二つの領域の区分は、古代や中世のヨーロッパでは知られていなかったものである。

近代以降の立憲主義とそれ以前の立憲主義との間には大きな断絶がある。近代立憲主義は、価値観・世界観の多元性を前提とし、さまざまな価値観・世界観を抱く人々の公平な共存をはかることを目的とする。それ以前の立憲主義は、価値観・世界観の多元性を前提としていない。むしろ、人としての正しい生き方はただ一つ、教会の教えるそれに決まっているという前提をとっていた。正しい価値観・世界観が決まっている以上、公と私を区分する必要もなければ、信仰の自由や思想の自由を認める必要もない」

ここには少し難しいけれど、憲法〔立憲主義〕というものの意味が、これ以上はないほど詳しく書かれている。

（1）大昔から国はあって、だいたい、そこに王さまがいて、王さまが自由に支配することが許されていた。

（2）そんなことでは、王さまの勝手になんでも決まってしまう〔人の支配〕。そうじゃなくて、誰もが納得できるように、人間ではなく、最後に決定するのは「法」ということにしてしまおう〔法の支配〕、となった。これが「立憲主義」の誕生だ。

（3）でも、この昔の「立憲主義」には、困ったことが一つあった。個人の自由よりも大切なもの、みんなが従うべき公のルールがあったことだ。例えば、キリスト教の教えがいちばん、とか。ということは、「法」の支配のもとに、キリスト教の信仰がない人が火あぶりにされたりするわけだ。確かに、「憲法」はその国の根本原理だから、キリスト教が根本原理だったら、そんなこともあるわけだよね。

(4)近代になって、そういうことをやめようということになった。公と私は区別するようになったんだ。どんな世界観を持っても自由。その前提で憲法(法)は作られている。これが、近代立憲主義。ということは、イスラム教を信じない人間を牢屋に入れることを許している憲法(法)は、広義の立憲主義だけど、(近代以降の)狭義の立憲主義ではないことになる。

(5)ということは、天皇への忠誠を誓った、というか、天皇を「国体」(国の原理)にして、それに反対する人を罰する法律を作った憲法(法)体制も、やはり近代以前の広義の立憲主義ということになるんだろう。

さあ、こうやって、世界の憲法と比較しながら、それから、憲法についての基本知識を教わりながら、ぼくたちはいろんなことを学んできた。ここからもう一度、「日本国憲法」について考えてみようと思う。きっと、最初の頃とは、憲法というものがちがってみえるはずだ。

ぼくたちの国の憲法は1条と9条でできている

「きっと、最初の頃とは、憲法というものがちがってみえるはずだ」と書いてから、いくつか急用やら、やらなきゃいけないことがあって、半日ほど時間がたった。

その間に、批評家・加藤典洋さんの訃報が飛びこんできた。悲しかったし、ほんとうに驚いた。なにより、驚いたのは、再開するこの部分を、加藤典洋さんの『9条入門』（創元社、二〇一九年）をもとに考えるつもりだったことだ。結局、『9条入門』は、加藤さんが生前に出した最後の本になってしまった。

加藤さんは、この本で、「日本国憲法9条」について、ぼくの知る限り、もっとも独創的な解釈をしている。「憲法9条」（加藤さんの表記にならって、ここからは洋数字で表すことにする）が、日本国憲法成立以来、長く論議されてきたことは、みなさんも知っているはずだ。もう一度、じっくり、目にやきつけるほど眺めてみよう。

「第二章　戦争の放棄

〔戦争の放棄と戦力不保持及び交戦権の否認〕
第9条　日本国民は、正義と秩序を基調とする国際平和を誠実に希求し、国権の発動たる戦争と、武力による威嚇又は武力の行使は、国際紛争を解決する手段としては、永久にこれを放棄する。
2　前項の目的を達するため、陸海空軍その他の戦力は、これを保持しない。国の交戦権は、これを認めない」

確かに、ここでは「陸海空軍その他の戦力」を「保持しない」と書いてある。けれども、ぼくたちの国には「自衛隊」がある。世界で七番目か八番目か九番目の軍事力を備えた「自衛隊」を「戦力ではない」という人はこの世にはいないだろう。だから、ぼくたちの国では「9条」と「現実」は異なった世界にいる。

だから、憲法という、「文字に書かれていて絶対に守らなければならないもの」と「現実にあること」が矛盾しているとき、ぼくたちはたいへん困る。困った結果、どうなったかというと、こうだ。

（1）「現実」に合わせて「9条」を変えろと主張する……いわゆる「改憲」派の人たちの主張だ。でも、それだと、「前文」や「二章」全体の平和主義を裏切ることになるから、憲法そのものを大きく変えるしかなくなってしまう。

（2）「9条」に合わせて「現実」を変える……「自衛隊」をなくしてしまえば、確かに矛盾はなくなってすっきりする。でも、「軍隊を一切持たない国」は可能なのか、という議論が起きたときに、反論を説得することは難しい。もちろん、「外交努力によってどんな戦争も回避しつづける」という意見は美しいけれど、実際に、この国の外に出れば「戦争」は絶えず起こっている。その現実を無視して、この国だけが「9条」を守って一切手を出さないということが、ほんとうに世界のためになるのか、といわれると、やはりこの意見は弱いような気がする。

（3）（1）と（2）の中間の意見をあえてとる。具体的には「9条」は変えずに、でも「自衛隊」も保持する。矛盾についてはあえて抱えたままにしておく、というやり方だ。この考え方、無茶苦茶なようでいて、実は、支持者が多い。どうしてかというと、

「憲法の条文と現実の間に矛盾がある」

↓「でも、憲法前文の精神は大事にしたい」
↓「だいたい、矛盾したままで戦後七十年以上やって来たわけだから、そのままでオッケーじゃないか。なにか問題でも？」

たぶん、日本人の大半は、この三つの考え方のどれかだと思う。実は、ぼくも（3）の考え方だった。だいたい、「9条」に関しては、この三つ以外にはなかなか思いつかない。けれど、勉強してゆくと、この三案以外にも、けっこう有力な考え方があることがわかってきたんだ。

（4）四番目は、さっきも引用した憲法学者・長谷部恭男さんの考え方だ。まず、長谷部さんは、「憲法（9条）」は「特定の問題に対する答えを一義的に決める『準則（rule）』」ではなく、「答えを一定の方向に導こうとする『原理（principle）』」だとしている。簡単にいうと、そこに書かれてある言葉に百％背いてはいけないものじゃない。その裏にある「精神」や「根本理念」に忠実だったらオッケーという立場だ。だいたい、どんな「憲法」より大切なものがある。ある国がどこかの国に攻められて存立の危機にあっても「戦争放棄」の方が大事なんてありえない。どんな憲法も人間的「良識」の範囲を超えてはいけない。というわけで、「9条」があっても「最低限の武力」を持つことはオッケーとなる。矛盾でもなんでもない、というのが長谷部さんの意見だ。「憲法」の精神を生かしつつ、できるだけ、「条文」の方も生かす。それでいい。うーん、これも説得力があるなあ。

そして、もう一つ、五番目が、これから紹介する加藤典洋さんの考え方だ。ぼくは、『9条入門』に書かれた加藤さんの考えを読んで、ショックを受けた。そして、ほとんどの場合、ぼくたちは、自由に考えているつもりでも、実は、偏見やいつの間にか持ってしまった固定観念にしばられているのだ、と気づかされたんだ。

だから、ぼくも、可能ならば、できる限り自由に、なんの束縛もなく、考えてゆきたいと思う。加藤さんに倣(なら)って。

ぼくは、『9条入門』をノートをとりながら、ゆっくり読んでいった。不思議な感じがした。そこに書かれていたのは、もちろん「9条」の問題なのだけれど、なにより、現代史・歴史が書かれていた。「9条」のことを知るためにも、「1条」のことを知るためにも、「憲法」について知るためにも、いちばん大切なことは、ぼくたちの歴史について知ることだったんだ。

では、「日本国憲法」はどうやって生まれたのだろうか。

「日本国憲法」はこうやって生まれてきた、その歴史をいま語ろう

太平洋戦争が終わって、日本国は、アメリカ・イギリスを中心とする連合国に占領された。連合国が日本を占領していたとき、その中心にいたのはGHQ（連合国軍最高司令部）だった。「日本国憲法」は、日本政府とGHQの、長く、複雑な交渉の中で産み出された。それは、誰でも知っている。けれども、そのほんとうの内容は、あまり知られてはいない。

連合国は、日本に、他国を侵略しないような国になってもらいたかった。そのために必要なのは、民主的な憲法だった。そうだ。ぼくたちが学んだように、憲法こそ、その国の基本的な原理だから、民主的な原理を持つ憲法が生まれなきゃならなかった。

すべては、一九四五年十月四日、GHQのトップ、マッカーサーが当時の副総理・近衛文麿に「憲法改正」の指示をしたところから始まった。同時に、連合国にとって、いちばんやっかいな「天皇」の問題の解決も迫られていた。

連合国の中には、天皇の戦争責任を問う国も多かった。しかし、GHQ（やアメリカ）

は、天皇を戦犯として罰すると日本国内から大きな反発を受けることを懸念していた。では、他の連合国から認められるようなやり方は何か。

天皇を生かして利用すること。同時に、日本を民主化し、再び軍事化しないようにすること。この二つを同時に実現する、そんな憲法を作ること。これが、GHQ(やアメリカ)の究極の目標だった。そして、それこそが、

(1)天皇から政治権力を奪い象徴にする(1条)

(2)軍事力を放棄する(9条)

この二つの条項だったんだ。

その上で、加藤さんは、「9条」と「1条」は、最初からセットで考えられたのではないかとしている。

なにより、日本国憲法、中でも「9条」最大の謎は、「誰が9条のアイデアを考えついたか」だ。

なぜ、「誰が9条のアイデアを考えついたか」が「9条」最大の謎になるのか。それは、長い間、「日本国憲法」が(GHQに)「押しつけられた」ものだと考える人たちがたくさんいて、だからこそ、「そんな押しつけられた憲法は変えなきゃならない」ということの

根拠になってきたからだ。

そして、「9条」の「戦争放棄」という独創的なアイデアを考えたのは、長い間、当時の首相、幣原喜重郎だと考えられてきた。マッカーサー回想録には、こう書いてあるからだ。それは一九四六年一月二十四日のことだった。

「そこで首相は、新憲法を書き上げる際に、いわゆる『戦争放棄』条項を含め、その条項では同時に日本は軍事機構は一切もたないことにきめたい、と提案した。そうすれば、旧軍部がいつの日かふたたび権力を握るような手段を未然に打消すことになり、また日本には再び戦争を起こす意志は絶対にないことを世界に納得させるという、二重の目的が達せられる、というのが幣原氏の説明だった。

私は腰が抜けるほどに驚いた。長い年月の経験で、私は人を驚かせたり、異常に興奮させる事柄にはほとんど不感症になっていたが、この時ばかりは息もとまらんばかりだった。戦争を国際間の紛争解決には時代遅れの手段として廃止することは、私が長年熱情を傾けてきた夢だった。（略）

私がそういった趣旨のことを語ると、こんどは幣原氏がびっくりした。氏はよほどおどろいたらしく、私の事務所を出る時には感きわまるといった風情で、顔を涙でくしゃくしゃにしながら、私の方を向いて、『世界は私たちを非現実的な夢想家と笑いあざけるかも知れない。しかし、百年後には私たちは予言者と呼ばれますよ』といった」

こうして、マッカーサー自身の口から「戦争放棄」の条項は幣原首相のアイデアであると語られた。ところが、当時のGHQの文書には、はっきりと「戦争放棄」の条項は、マッカーサーの指令だと書かれているのだ。いったい、どちらが正しいのか。あの、画期的な、世界のどこにも存在しない、だからこそ、いまでもぼくたち日本人を悩ませている「9条」の「戦争放棄」のアイデアは、誰が持ち出したのか。

加藤さんは、あの時代に立ち戻り、名探偵ホームズのように、当時の関係者を訊問する（ように、文書を発掘してゆく）。そして、幣原首相の息子・幣原道太郎のこんなことばにたどり着く。

「父は一月二十四日元帥に、万邦同時の多辺的戦争放棄を語り、二度も、〝世界中が〟とくり返したのに、その後〝世界中が〟という文句が削除され、日本だけの片務的放棄論にすりかえられた」

「戦争放棄」は特別な理念ではなかった、世界の新しい基準だった

幣原首相が語ったという「万邦同時の多辺的戦争放棄」とはなんだろう。実は、これこそ、「パリ不戦条約」に始まる、世界が認めた「戦争放棄」のアイデアだった。

「パリ不戦条約」は、一九二八年に、ドイツ、アメリカ、ベルギー、フランス、イギリス、アイルランド、インド、イタリア、日本、ポーランド、チェコの間で結ばれた、史上初の「戦争放棄」に関する条約だ。条文は次の三つ。

「第一条　締約国ハ国際紛争解決ノ為戦争ニ訴フルコトヲ非トシ且(カツ)其ノ相互関係ニ於テ国家ノ政策ノ手段トシテノ戦争ヲ抛棄スルコトヲ其ノ各自ノ人民ノ名ニ於テ厳粛ニ宣言ス

第二条　締約国ハ相互間ニ起ルコトアルベキ一切ノ紛争又ハ紛議ハ其ノ性質又ハ起因ノ

如何ヲ問ハズ平和的手段ニ依ルノ外之ガ処理又ハ解決ヲ求メザルコトヲ約ス

第三条　本条約ハ前文ニ掲ゲラルル締約国ニ依リ其ノ各自ノ憲法上ノ要件ニ従ヒ批准セラルベク且各国ノ批准書ガ総テ『ワシントン』ニ於テ寄託セラレタル後直ニ締約国間ニ実施セラルベシ」

ぼくたちは「9条」の「戦争放棄」の美しい理念を、ぼくたちの国が平和のために差し出した特別な理想だと考えていた。実現困難な究極の理念を掲げたために、ぼくたちは、大きな困難を抱えこむことになったと。だが、その理念の提出者と目された幣原喜重郎は、実は、第一次世界大戦の惨禍を省みて作られた「パリ不戦条約」を念頭において考えたのではなかったろうか。確かに、「パリ不戦条約」で提出された「戦争放棄」も、実際には、続く第二次世界大戦で裏切られることになった。けれども、それは、現実的な政策として考えられた。その条約に参加する国々が相互に守り合うことによって成立する実現可能なやり方だったんだ。

だから、全面的かつ一方的な「戦争放棄」、つまり自衛戦争すら禁止する（最初は、この部分も、マッカーサーの指示により条文としてあったとされている）「戦争放棄」の出現には、最初、政治家も専門家も、マッカーサー以外のGHQの関係者も驚愕したといわれている。

その一つの例として、加藤さんは、当時、最も先進的な憲法改正案を準備していたとして有名な民間組織、「憲法研究会」の中心人物、鈴木安蔵の「9条」についての感想を記している。

「自分（鈴木――高橋注）としてもこの『戦争放棄』条項にむけて『ただちに全面的共鳴にはいたらなかった』。

というのも、これについては『フランス第四共和国憲法、イタリア憲法などに定められたように「相互的であることを条件として」との規定をおくことが当然であると考えられた』。しかるにその当然の規定がそこには欠けていたからである、と」

なぜ、鈴木さんはそう思ったのか。それは、「戦争放棄」の「理念」を織り込んだ憲法を作ろうとしていたのは、日本だけじゃなかったからなんだ！

ちょうどこの頃（政府草案の発表で「戦争放棄」条項が知られたのは一九四六年三月六日）、

フランス第四共和国憲法が制定された（一九四六年十月）。その前文には、こうある。

「フランス共和国は、征服を目的とした、いかなる戦争も企てないし、その武力をいかなる国民に対しても決して使用しない」

「フランスは、相互主義の留保の下に、平和の組織と防衛に必要な主権制限に同意する」

このフランス共和国憲法に着想を得たのが、イタリア憲法だった。その条項案がこれ。

「国は、征服または人民の自由の侵害の手段としての戦争を放棄する。国は、相互的であることを条件として平和の組織及び防衛に必要な主権の制限に同意する」


さらに、そのことがはっきり記されているのがドイツ憲法（ボン基本法）だった。

「第24条（国際機関）
1　連邦は、法律によって主権的権利を国際機関に委譲することができる。
1a　州が国家的権限の行使および国家的任務の遂行の権限を有するときには、州は連邦政府の同意を得て、国境近隣関係の制度に関する主権的権利を委譲することができる。

2　連邦は、平和を維持するために、相互集団安全保障制度に加入することができる。その場合、連邦は、ヨーロッパおよび世界諸国民に平和的で永続的な秩序をもたらし、かつ確保するような主権の制限に同意する」

「第26条（侵略戦争の準備の禁止）

1　諸国民の平和共存を阻害するおそれがあり、かつこのような意図でなされた行為、とくに侵略戦争の遂行を準備する行為は、違憲である。これらの行為は処罰される。

2　戦争遂行のための武器は、連邦政府の許可のあるときにのみ、製造し、運搬し、および取引することができる。詳細は、連邦法律で定める」

で、もう一条、戻ってみると、こう。

「第25条（国際法と連邦法）

国際法の一般原則は、連邦法の構成部分である。それは法律に優先し、連邦領域の住民に対して直接、権利および義務を生じさせる」

どの国の憲法を読んでも、わかりにくいところはぜんぜんない。第一次大戦の反省から生まれた、国際社会の認識が「パリ不戦条約」だった。けれども、その原理は、第二次大戦を防ぐことはできなかった。その条約をきちんと守ることができなかったからだ。そして、二度目の、ほんとうの反省が生まれた。それが、(主として、だけれど)敗戦国の憲法だった。

もちろん、勝った連合国には、負かした敵の軍事的再興を防ぎたいという気持ちもあっただろう。けれども、今度こそ、「戦争放棄」の理念をほんとうに生かすチャンスだと、みんなが思ったにちがいない。そして、フランスやイタリアやドイツの憲法が生まれたんだ。では、日本は?

フランスやイタリアやドイツの「戦争放棄」の憲法条文は、「パリ不戦条約」に沿ったものだった。別の言い方をするなら、「国際法」に沿ったものだった。誰もが納得するものだった。だから、日本国憲法「9条」のような問題は起こらなかったんだ。

ではなぜ、憲法「9条」だけが、複雑な問題を抱えつづけるようになったんだろう。

「憲法9条の核心が、これまでの戦争放棄の考えを一歩抜け出た、先駆的な『特別の戦争放棄』にあることは、誰にも否定できないところです。

それは、二つの側面をもっています。

一つは、1928年のパリ不戦条約以来の従来の戦争違法観に立つ『戦争の放棄』に加えて、『戦力の不保持』『交戦権の否定』にまで踏み込んだ、徹底した規定となっていることです。そこに『マッカーサー・ノート』にはあった『自衛権の否定』は明記されていませんが、1970年代初頭まで、日本政府は、1項と2項の規定を合算するとここには『合わせ技』で、『自衛権の否定』も書き込まれているという解釈に立っていました。

もう一つは、これらの規定を、日本が相互主義の留保なく憲法の条項に掲げたことです。第2次世界大戦をへて、国連をはじめとする国際安全保障機構による集団的安全保障体制をつうじて平和実現の模索がはじまるなか、日本だけでなく、これまでに見ただけでもフランス（第4共和国憲法）、イタリア（共和国憲法）、旧西ドイツ（連邦共和国基本法）でも、平和実現のために国際組織へ、主権の一部を制限あるいは委譲することを憲法に明記するようになります。しかしこれらは原則的に相互主義のもとで、この制限と委譲に合意するというものです。相互主義なしに一方的に主権の一部の『放棄』『否定』を宣言した例はなく、これは世界史的にもはじめてのできごとでした」

日本国憲法最後の秘密、「天皇」に代わる新しい国体の誕生

「世界史的にもはじめて」の「憲法9条」を提案したのは、GHQ司令官マッカーサーだった。では、なぜ、マッカーサーは、「世界史的にもはじめて」の提案をしたのか。

その理由について、マッカーサー本人はなにも語ってはいない。加藤さんは、当時、大統領選挙への出馬を考えていた（実際に予備選には出馬している）マッカーサーが、大きな政治的成功を求めていたからではないか、と推定している。また、同時に、できたばかりの国連、特にまったく新しい構想で作られようとしていた（結局、作られることがなかった）国連常備軍に、権限を委譲することを考えていたのではないか、とも。

だが、現実には、どちらも実現することはなかった。ただ、「国際法」とはかけはなれた「戦争の放棄」と「自衛権の否定」をうたう、不思議な憲法条項が生まれただけだった。

だが、もう一つ、大きな謎がある。それは、どうして、日本人が「憲法9条」を熱狂的

に受け入れたのか、ということだった。
最初のうち、専門家も国民も、「戦争放棄はよいが自衛権を留保せよ」という声が多かった。ふつうの日本人も、国際法を知る専門家も、同じことを考えていた。けれども、「戦争放棄条項」を含む、究極の平和主義的憲法条文は、やがて、熱狂的に受け入れられてゆく。政府当局者でさえ、条文には書かれていない「自衛権の否定」を明言するようになってゆく。いったい、なぜなんだろう。そこには、「憲法9条」最後の秘密があった。

「日本国民は、世界に冠たる万世一系の天皇を誇りとしてきました。そのかつての国民神話においては、天孫民族としての誇り、ナショナリズムの核心に、天皇を現人神（あらひとがみ）として崇める『国体』信仰がありました。それが、天皇の権威失墜、道義的な空虚化、人間宣言によって、崩壊させられてしまいました。多くの国民が、日々の生活に追われながら、はっきりとした自覚のないまま、深く失望し、その結果、日本の国民の心の中には、エリートと非エリートを問わず、政府要人と一般庶民を問わず、大きな空白が生まれていました。そのとき、天皇に替わる新しい支配者マッカーサーから手渡された戦争放棄の平和条項は、何よりもその特別な光輝によって、その空虚を埋めることに成功したのです」

「我が身を省みず『捨身』で究極の平和理念を世界に先がけて実行する、という姿勢への熱狂は、護国の鬼となって『捨身』で敵への特攻を敢行するカミカゼ攻撃の自己犠牲への熱狂に通じます。じっくりと理性的に考えをめぐらすのではなく、光り輝く高貴なもののために身を挺して『捨身』で事に当たる、そのことへの讃美と陶酔の形が同じなのです。これは私たち日本国民につきまとう、最大の落とし穴といえるかもしれません」

戦争が終わって、天皇は、その戦争責任を問われなかった。国民も、天皇の戦争責任を問わなかった。だが、国民自身はどうだったんだろう。ほんとうに、国民はみんな、戦争を遂行した連中に無理やり従わされた被害者だったんだろうか。多くの国民は、みんな、(真剣さの度合いにちがいはあれ)天皇を讃美し、戦争に積極的に関わっていたんじゃないだろうか。

けれども、そのことを徹底して反省することはなかった。多くの国民は、自分が被害者だったとすぐに思いこむことにした。つらい戦争を耐え忍んでいたんだと。

そして、彼らの前に「憲法9条」が出現した。それは、本心では戦争がイヤだったはずの自分たち日本人にふさわしい、素晴らしい憲法条文だった。誰も文句がいえないような理想が、そこには書かれていた。それは、日本人にとって、かつて天皇がそうだったように、新しい「国体」、その国を成り立たせているいちばん大切な原理だった。

なにより大切なのは、その原理は、決して疑ってはいけないし、ぼくたちの国の原理だから、他の国や世界のそれとは異なっていても気にする必要ないってことだったんだ。

天皇という「国体」から、「9条」という新しい「国体」へ。

百八十度、まったくちがうものを大切なものにするためには、ぼくたちは、複雑なことを考えてはいけなかったんだ。

あのときから七十年目の「おことば」

一九四六年に「日本国憲法」が公布されてからちょうど七十年たった二〇一六年八月八日、七十年前には皇太子であったアキヒト天皇は十一分二秒の長さの「おことば」をビデオメッセージとしてテレビから、国民に送った。以降、「象徴としてのお務めについての天皇陛下のおことば」として紹介されることになる、このメッセージは、戦後、ぼくたち日本国民が受けとったもっとも重要な文章ではないかとぼくは思った。

そして、その日からずっと、ぼくは、この「おことば」をどのように考えればいいのかと考えつづけた。そして、「おことば」について考えるためには、日本国憲法について、とりわけ、「1条」と「9条」について考えることが必要だと思った。それが、ここまでの、長い「前置き」だ。一つのことを考えるためには、その前に準備しておかなければならないことがある。そして、その準備のためにも、また準備しなければならないことだってある。もちろん、無限に遡ることはできない。けれども、できるだけきちんとものごとを考えるためには、準備を怠けてはいけないんだ。

さあ、天皇がぼくたちに語りかけたことばに耳をかたむけてみよう。そして、そこには、どんなメッセージが含まれているのかを考えてみることにしたいと思う。

「(1) 戦後七十年という大きな節目を過ぎ、二年後には、平成三十年を迎えます。

私も八十を越え、体力の面などから様々な制約を覚えることもあり、ここ数年、天皇としての自らの歩みを振り返るとともに、この先の自分の在り方や務めにつき、思いを致すようになりました。

本日は、社会の高齢化が進む中、天皇もまた高齢となった場合、どのような在り方が望ましいか、天皇という立場上、現行の皇室制度に具体的に触れることは控えながら、私が個人として、これまでに考えて来たことを話したいと思います。

(2) 即位以来、私は国事行為を行うと共に、日本国憲法下で象徴と位置づけられた天皇の望ましい在り方を、日々模索しつつ過ごして来ました。伝統の継承者として、これを守り続ける責任に深く思いを致し、更に日々新たになる日本と世界の中にあって、日本の皇室が、いかに伝統を現代に生かし、いきいきとして社会に内在し、人々の期待に応えていくかを考えつつ、今日に至っています。

(3) そのような中、何年か前のことになりますが、二度の外科手術を受け、加えて高齢による体力の低下を覚えるようになった頃から、これから先、従来のように重い務めを果たすことが困難になった場合、どのように身を処していくことが、国にとり、国民にとり、また、私のあとを歩む皇族にとり良いことであるかにつき、考えるようになりました。既に八十を越え、幸いに健康であるとは申せ、次第に進む身体の衰えを考慮する時、これまでのように、全身全霊をもって象徴の務めを果たしていくことが、難しくなるのではないかと案じています。

（4）私が天皇の位についてから、ほぼ二十八年、この間私は、我が国における多くの喜びの時、また悲しみの時を、人々と共に過ごして来ました。私はこれまで天皇の務めとして、何よりもまず国民の安寧と幸せを祈ることを大切に考えて来ましたが、同時に事にあたっては、時として人々の傍らに立ち、その声に耳を傾け、思いに寄り添うことも大切なことと考えて来ました。天皇が象徴であると共に、国民統合の象徴としての役割を果たすためには、天皇が国民に、天皇という象徴の立場への理解を求めると共に、天皇もまた、自らのありように深く心し、国民に対する理解を深め、常に国民と共にある自覚を自らの内に育てる必要を感じて来ました。こうした意味において、日本の各地、とりわけ遠隔の地や島々への旅も、私は天皇の象徴的行為として、大切なものと感じて来ました。皇太子の時代も含め、これまで私が皇后と共に行って来たほぼ全国に及ぶ旅は、国内のどこにおいても、その地域を愛し、その共同体を地道に支える市井の人々のあることを私に認識させ、私がこの認識をもって、天皇として大切な、国民を思い、国民のために祈るという務めを、人々への深い信頼と敬愛をもってなし得たことは、幸せなことでした。

（5）天皇の高齢化に伴う対処の仕方が、国事行為や、その象徴としての行為を限りなく縮小していくことには、無理があろうと思われます。また、天皇が未成年であったり、重病などによりその機能を果たし得なくなった場合には、天皇の行為を代行する摂政を置くことも考えられます。しかし、この場合も、天皇が十分にその立場に求められる務めを果たせぬまま、生涯の終わりに至るまで天皇であり続けることに変わりはありません。

天皇が健康を損ない、深刻な状態に立ち至った場合、これまでにも見られたように、社会が停滞し、国民の暮らしにも様々な影響が及ぶことが懸念されます。更にこれまでの皇室のしきたりとして、天皇の終焉に当たっては、重い殯（もがり）の行事が連日ほぼ二ヶ月にわたって続き、その後喪儀（そうぎ）に関連する行事が、一年間続きます。その様々な行事と、新時代に関わる諸行事が同時に進行することから、行事に関わる人々、とりわけ残される家族は、非常に厳しい状況下に置かれざるを得ません。こうした事態を避けることは出来ないものだろうかとの思いが、胸に去来することもあります。

（6）始めにも述べましたように、憲法の下（もと）、天皇は国政に関する権能を有しません。そうした中で、このたび我が国の長い天皇の歴史を改めて振り返りつつ、これからも皇室がどのような時にも国民と共にあり、相たずさえてこの国の未来を築いていけるよう、そして象徴天皇の務めが常に途切れることなく、安定的に続いていくことをひとえに念じ、ここに私の気持ちをお話しいたしました。

国民の理解を得られることを、切に願っています」


この「おことば」について、誰よりも徹底して分析した、この国でたぶんもっとも天皇についての深い知識を持つ、原武史さんの『平成の終焉——退位と天皇・皇后』(岩波新書、二〇一九年)にならって、「おことば」を六つの部分に分けてみた。

みなさんは、この「おことば」を読んで、どう思われただろうか。ぼくは、まず、「いい」文章だと思った。「いい」、いや、そうじゃない、誠実で、よく考えられた、真っ直ぐな、でも、厳しさのある文章だと思った。作家が書く文章に近い。でも、作家なら、もう少し、どこか脇道にそれて書くだろう。この文章は、真っ直ぐに届くことを願って書かれている。それは、たいていの作家が書くものとは少しちがっている。少しだけだけれど。

（1）の部分では、「私が個人として」という箇所に、ぼくはうたれた。天皇もまた、「個人」でありうるんだ。当然のことかもしれないけれど。そして、「個人」としての文章を、天皇もまた書くことがあるのだ、と思った。

そして、（2）。ここで、天皇は、もっとも重要な問題提起を行っている。いうまでもなく、「即位以来、私は国事行為を行うと共に、日本国憲法下で象徴と位置づけられた天皇の望ましい在り方を、日々模索しつつ過ごして来ました」という箇所だ。

ぼくたちは、天皇のことをきちんと考えてこなかったんだ。

ぼくたちは、この社会の中で「人間」として遇されている（たぶん）。そして、ぼくたちには「人権」があるともいわれている。いや、確かに、「憲法」の中に、正確には、10条以降に、ぼくたちの「権利」が書かれている。

でも、そこには、天皇の「権利」は書かれていない。その代わりに、天皇の「役割」だけは書かれている。それが、第一章（1条から8条）の天皇に関する条文だ。

しかし、ぼくは、ほんとうに思うのだが、人間としての「権利」を奪われている人がいるのに、その人のことを無視していいんだろうか。天皇とは、ぼくたち国民が平和に暮らすために犠牲を強いられるための存在なんだろうか。

そのことを、ぼくは、以前、さっきも書いた長谷部さんに訊ねたことがある。すると、長谷部さんは、こうおっしゃった。

「微妙なところですね」って。

「人権を守るために書かれた憲法の中で、そこだけ、『飛び地』になっているんですよ」とも。

だから、ぼくは、自分が天皇だったら、とよく考える。楽しいんだろうか。苦しいんだろうか。どこか諦めの心境になってしまうんだろうか。

いや、そんな受け身の存在じゃないのかもしれない。そして、ぼくはこう思った。天皇より真剣に、憲法を読んでいる人間はこの世にいないんじゃないだろうかなって。だって、自分の役割を書いてある文章があって、それが、この国の「原理」にあたる文書の中にあるっていうんだ。どんな気持ちなんだろう。ぼくなら、グレるかもしれない。

きっと、天皇はいつも見ていたんだろう。自分がやるべきことが書かれた、その文章を。

一つは十個ある「国事行為」、これは誰だってわかる。でも、問題は第1条だ。

「天皇は、日本国の象徴であり日本国民統合の象徴であつて、この地位は、主権の存する日本国民の総意に基く」

これはいったいどういう意味なんだろう。たぶん、天皇は、この文章を八百万回ぐらい読んだんじゃないだろうか。なんとなく、そんな気がする。そして、その度に、「象徴って何だよ」って思ったんじゃないだろうか。

そしてたどり着いた結論が、（4）の「おことば」の中にある。

「私はこれまで天皇の務めとして、何よりもまず国民の安寧と幸せを祈ることを大切に考えて来ましたが、同時に事にあたっては、時として人々の傍らに立ち、その声に耳を傾け、思いに寄り添うことも大切なことと考えて来ました。天皇が象徴であると共に、国民統合の象徴としての役割を果たすためには、天皇が国民に、天皇という象徴の立場への理解を求めると共に、天皇もまた、自らのありように深く心し、国民に対する理解を深め、常に国民と共にある自覚を自らの内に育てる必要を感じて来ました。こうした意味において、日本の各地、とりわけ遠隔の地や島々への旅も、私は天皇の象徴的行為として、大切なものと感じて来ました。皇太子の時代も含め、これまで私が皇后と共に行（おこな）って来たほぼ全国に及ぶ旅は、国内のどこにおいても、その地域を愛し、その共同体を地道に支える市井(しせい)の人々のあることを私に認識させ、私がこの認識をもって、天皇として大切な、国民を思い、国民のために祈るという務めを、人々への深い信頼と敬愛をもってなし得たことは、幸せなことでした」

おそらく、天皇はこういっている。

「憲法に書かれた国事行為以外の、象徴天皇としての務めとは、祈ることと市井の人々と対面しつづけることだ」と。

祈ることは「宮中祭祀」と呼ばれ、ぼくたち国民も知らない、閉ざされた場所で、静かに、でも熱心に行われている。そして、市井の人々との対面は「行幸」ともいわれ、天皇・皇后は繰り返し、歩きつづけた。それも、とりわけ、苦しい立場に置かれた人たちのいる場所へ。その二つ、「祈り」と「行幸」を合わせたものが、原爆が投下された広島・長崎、焦土戦が戦われた沖縄、海外の激戦地への鎮魂の旅だ。

誰が頼んだわけでもない。憲法に書かれているわけでもない。では、なぜ、天皇は、

「象徴」の役割を、そう「解釈」したんだろうか。

ぼくは、天皇の「おことば」を、一つの作品として読んだ。すぐれた書き手のことばに接すると、ぼくは、いつもそうする。そして、その作品は、どこから来たのか、その書き手は、どんなふうに、その作品を書いたんだろう。そんなことを考える。それから、どこまで遡れば、その書き手や作品のことを理解できるんだろうか、とも。

かつて、天皇が皇太子であった頃、彼は、「九時から五時まで天皇として仕事をしたい」といっていた。まるで会社員のような天皇。「天皇」としての職務を終えると、家に戻る。いや、「天皇」ではない個人に戻る。それが、彼の夢だった。

けれども、その夢は夢のまま終わったように思う。皇太子であった彼は知らなかったのだ、「象徴」という「お仕事」の大きさを。

「おことば」の書き手であるアキヒト天皇の父、昭和天皇は、日本国憲法制定に深く関わった。一九四五年、日本が戦争で敗れる前も、その後も、昭和天皇とそれから彼の周りにいた支配階級の人たちが、なによりも「天皇制」を守ることを第一に考えたことはよく知られている。そのためだったら、どんな妥協も拒まなかった。それは、GHQや連合国も同じだった。彼らもまた、もっとも効率的な占領と、それからの政策のために、天皇制を残した。それが「1条」と「9条」の不思議な共存であることは、さっき書いた通りだ。

前の憲法で「神」であった自分が、次に、自分の名前で公布された憲法の中では「人間」になっていたとき、昭和天皇はどう思っただろう。皮肉に感じただろうか。それとも、「こんな存在は人間ではない」と思ったのだろうか。それとも、「わたしはずっと人間だった」と思ったのだろうか。

原武史さんは『平成の終焉』の中で、「おことば」の問題点をいくつも取り上げ、徹底して論じているけれど、その中でもっとも大切なのは「象徴の定義」を天皇自身がしなければならなかったことだとしている。

「そもそも、『象徴天皇の務めとは何か』という問題は、天皇が決めるべき問題ではなく、主権者である国民が考えるべき問題のはずです。……中略……

それなのに、実際には『おことば』が発表されるまで、政治家を含む大多数の国民は天皇制に対して積極的な関心をもとうとはせず、象徴とは何かについても深く考えようとはしませんでした。このことを改めて猛省する必要があると思います」

七十年前、新しい憲法が生まれたとき、ぼくたちは、そのもっとも重要な、国家の根本の理念を示したはずの「9条」を、きちんと考えることをせずに受けいれた。そして、七十年後のいまは、やはりもっとも大切な、その「1条」について考えてこなかったことに茫然としている（茫然としているなら、まだましなのかもしれない。なにも感じないよりはずっと）。

ぼくたちは、七十年前も現在も、ぼくたちの国についてなにも知らないんだ。

ぼくが考える、ぼくらの天皇（憲法）

ここまで、ぼくは、憲法について、天皇について、ゆっくりと考えてきた。ぼくにはない知識を、たくさんの人たちから借りて、考えてきた。そうすると、なんとなく、ぼくが常識だと思ってきた、あるいは、常識だと思わされてきたことの多くが、そうではなかったことに気づいた。もちろん、これは、ぼくひとりがそう思っただけのことだ。

その上で、いまの憲法をどうしたいと思うのか、そのままでいいのか、ぼくは、ぼく自身に訊いてみたいと思った。なんだか、変な言い方だけれど、これは、正直な気持ちだ。それからなんだけれど、みなさんも、よければ、考えてもらえると嬉しい。それに、自分たちの憲法や天皇について考えることは、大切だし、おもしろいことなんだと思う。

まだ書いてないのだけれど、ぼくがいまから考える、憲法や天皇のあり方は、あまり見かけないようなものになるような気がする。でも、それは、いいことだ。

他のすべての人とちがう意見を持つ、というのは、いいことだからだ。それから、他のすべての人が全員、ちがった意見を持つ、ということも。そもそも、それって、当たり前なんじゃないだろうか。みんな、ちがった生き方をしてきたのだから、どんな問題でも、人と意見がちがって当然。そうじゃない方がおかしい。そう思う。

ルソーは、有名な『社会契約論』の中で、繰り返し、馬鹿みたいに、「共同体の成員は、みんなちがった意見を持たなきゃならない」といっていて、なにいってんだろう、この人は、とずっと思っていた。でも、いまになって考えてみると、さすが、ルソー、いいこといってると思う。意見の数が少なくなるほど、その共同体はダメになる。たった一つの意見に集約されたとき、その共同体は死ぬのだ。
どんなことでも、真剣に考えると、ちがった結論になるはずだ。そうじゃなければおかしい。同じ意見になったとしたら、どこかでおかしなことが起こったんだ。

ぼくたちは、個人として生きているけれど、属している国と無関係ではいられない。イヤだと思っても、半ば強制的に所属させられている。でも、それが仮に「半強制的」であるからといっても、無視したり、顔をそむけたりするのはよくない。国に属している人間としてやるべきことや、やってみた方がいいことだってあるはずだ。
それは、生きるということそのものにも似ている。ぼくたちは、気がつけば、生きている。そのことについて、親に「勝手に産みやがって」という考え方だってありうるだろう。でも、その考え方は、あまりいいとは思えない。そういった、なんでもネガティヴにとらえる考え方は、ぼくたちが生きることを傷つけてしまうからだ。

ただの個人としてではなく、この国に所属している個人として、ぼくは、この国のあり方や、この国とこの国に所属している人たちとの関係について定義している「憲法」に無関心でいたくはない。だから、ここに、ぼくの「考え」を書いておく。

そもそも、「憲法」なんて必要なんだろうか、という考え方もありうる。いや、そもそも、「法」なんて必要なんだろうか。必要だとして、いまのあり方がぜんぶ正しいといえるだろうか。いやいや、もっと、さかのぼって、「国」なんて必要なんだろうか。

そういった、ありうる疑問は、少し置いておこう。もちろん「ありうる疑問を少し置いておく」ということが、そもそも根本的まちがいなのかもしれない。よくわかってる。けれども、あえて、「少し置いておく」のは、そうしなければ、他の大多数の人たちと、うまく話すことができないからだ。

いくら正しくても、誰にも通じない、というのは、ちょっと困る。そうでしょう?

だから、「国」も「憲法」も必要だという前提で、考えてみる。

すると、ぼくたちが持っている「日本国憲法」はちょっと変わっていることがわかる。どこが「ちょっと変わっている」のかについては、ここまでずっと書いてきた通りだ。

他の大半の「憲法」たちとはちがうみたいだ。

ちがってもいい、という考え方もある。これは、「国」や「憲法」がいらない、という考え方とはちがって、共感する人も多いかもしれない。でも、ぼくは、「ちがってもいい」と思わないことにした。

それは、他の国の「憲法」たちから（別の言い方をするならば、他の国の人たちから）、「勝手にやるなよ」といわれるかもしれないからだ。

ばらばらの個人が、すべて異なった意見を持つはずの個人が、それでも集まって共同体を作り、あるいは、「国」を形づくる。その礎になるのが法であり、「憲法」であるのだとしたら、ある国が、「自分のところの憲法は特殊なんで、みなさんのものとはぜんぜんちがいます、よろしく」といったら、まずいだろう。

「国」たちの集合として、ぼくたちは、「世界」を作っている。いまのところは。それが、ぼくたちが生きている条件なのだ。


これらのことをすべて考えた上で、それから、これまでのところをすべて考えた上で、やはり、ぼくはこう思う。

(1)現行憲法の「前文」+「天皇」条項+9条、この三つのセット、合わせてで、他の国たちの「憲法前文」と同じになる、と考えたい。これが世界標準の憲法の形だ。

(2)だとするなら、この三つをまとめて、新しい「前文」を書く、というやり方がある。

それから、

(3)「天皇」条項は、他の国々では、別枠で書かれている場合が多いから、これを外して、別の箇所に移すか、皇室典範だけにするか、そもそも天皇制を廃止する、という考え方もあるだろう。

(4)その場合は、「前文」+9条が残る。なので、この二つを合わせて、新しい「前文」を書いてもいい。この場合、9条は単純に理念的なものになる。軍隊(自衛隊)は、そのまま残る。

以上の考えを踏まえた上で、ぼくの「意見」は、こうだ。

(A)ほんとうは「前文」を含めて、すべての条文を書き直す、あるいは一から書いてみるのがいちばんいい。
（B）でも、それは、ほんとうに大変なので、改正だけですませる。その場合、ぼくは、1条から8条までのいわゆる「天皇」条項を削除するのがいちばんいいと思う。要するに、天皇制を廃止するのだ。そのときには、天皇家の人たちには、京都へ移ってもらおう。「天皇」という象徴の仕事はなくなるけれど、その代わり、ずっと担ってきた「祈り」の仕事に専念してもらう。たとえば、新しく宗教法人を興してもらうとか。それがいちばんすっきりする。
（C）でも、それでは、日本国民の多くの賛同を得るのは難しいかもしれない。ならば、1条から8条までは、別の後ろの条文に回すか、第一章を、皇室典範に拡大して収納する、というのがいいと思う。その場合、「天皇」の役割や「象徴」の意味を、ぼくたちは考えなければならない。そして、考えたことは、「憲法」の「前文」や、条文の最初（要するに、「人権」の前）ではなく、別のところに書く必要がある。
（D）問題は、9条の扱いだ。9条は「特別」すぎるし、合理的に説明することは難しい。だから、ぼくは、戦争直後のフランス、ドイツ、イタリアの憲法にあったように、あるいは幣原構想にあったように、相互主義的であることを条件として、「戦争を放棄する」という条文に書き換え、そして、「人権」条項の後に持っていくのがいいと思う。
（E）あるいは、かつて小沢一郎さんが提案したように、9条を廃止して、いったん、ふつうの「国」にした上で、この国の軍隊（自衛隊）を、まるごと、もしくは半分は、いまだ実現していない「常設国連軍」として国連にプレゼントすればいい。その場合、日本を防衛するのは、UN（国連）のマークをつけた、実質、日本の軍隊、けれども、形式上は「国連軍」となる。これは、パリ不戦条約が望んだ形でもあるだろう。

こんなことを考えてみた。できるだけ真剣に、一生懸命勉強して考えてみた。もちろん、考えてみただけだ、ともいえる。少なくとも、考えることはできるのだ。

この「考え」には、いいところも、むちゃなところもあるだろう。もしかしたら、明日は、ぼくはもっと別のことを考えているかもしれない。もっとずっと別のいい考えが浮かんだら、ぼくは、そっちを採用するつもりだ。だから、いつまでたっても、決定版にたどり着かないかもしれない。でも、それで、いいんだと思う。個人は、それでいいんだと思う。自分が属する「国」のことを、こうやって、ずっと考えつづければいい。

少なくとも、天皇は（いまの上皇は）、こんなふうに、ずっとずっとずっと考えつづけてきたのだと思う。だとするなら、ぼくたちも、負けずに考えなきゃならない。同じ「国」に生きる者として。

天皇陛下にささぐる言葉

最後に、一九四八年、まだ戦後の混乱がおさまってはいなかったとき、坂口安吾が書いたことばを置いておこう。タイトルは「天皇陛下にささぐる言葉」（『坂口安吾全集』15、ちくま文庫、一九九一年）だ。

坂口安吾は、当時の愚かな日本人たちに向かってこのことばを撃ちこんだ。そして、このことばは、現在もぼくたちに突き刺さる。そして、ここには、もしかしたら可能だったかもしれない、もう一つの幻の「日本国憲法」の姿が見えるような気がするのである。

「人間が受ける敬愛、人気は、もっと実質的でなければならぬ。

天皇が人間ならば、もっと、つつましさがなければならぬ。天皇が我々と同じ混雑の電車で出勤する、それをふと国民が気がついて、サアサア、天皇、どうぞおかけ下さい、と席をすすめる。これだけの自然の尊敬が持続すればそれでよい。天皇が国民から受ける尊敬の在り方が、そのようなものとなるとき、日本は真に民主国となり、礼節正しく、人情あつい国となっている筈だ。……中略……

地にぬかずくのは、気違い沙汰だ。天皇は目下、気ちがい共の人気を博し、歓呼の嵐を受けている。道義はコンランする筈だ。人を尊敬するに地にぬかずくような気違い共だから、正しい理論は失われ、頑迷コローな片意地と、不自然な義理人情に身もだえて、電車は殺気立つ、一足外へでると、みんな死にもの狂いのていたらく、悲しい有様である。

天皇が人間の礼節の限度で敬愛されるようにならなければ、日本には文化も、礼節も、正しい人情も行われはせぬ。いつまでも、旧態依然たる敗北以前の日本であって、いずれは又、バカな戦争でもオッパジメテ、又負ける。性こりもなく、同じようなことを繰り返すにきまっている。……中略……

陛下は当分、宮城にとじこもって、お好きな生物学にでも熱中されるがよろしい。

そして、そのうち、国民から忘れられ、そして、忘れられたころに、東京もどうやら復興しているであろう、そして復興した銀座へ、研究室からフラリと散歩にでてこられるがよろしい。陛下と気のついた通行人の幾人かは、別にオジギもしないであろうが、道をゆずってあげるであろう。

そのとき東京も復興したが、人間も復興したのだ。否、今まで狐憑きだった日本に、始めて、人間が生れ、人間の礼節や、人間の人情や、人間の学問が行われるようになった証拠なのである。

陛下よ。まことに、つつましやかな、人間の敬愛を受けようと思われぬか」

編集部付記　本論におかれた、坂口安吾「天皇陛下にささぐる言葉」からの引用文中に「気違い」「気ちがい」という表現があります。今日的な知見からすると不穏当な表現ですが、本論への理解を促すテキストであることに鑑み、原文のまま掲載しました。

汝の隣人

1・その前に、「あいだ」について

この本を、ぼくは、ゆっくり書いている。ゆっくり、ゆっくりだ。

読者のみなさんの中には、もっとはやく、と思っている方もいるかもしれない。というのも、ぼくたちには、「時間がない」らしく(みんながそういうから)、少しでも役に立つことをはやく教えてほしい、もしくは教えてあげる、というのが、ぼくの見るところ、テレビやインターネットやいろんな雑誌の共通の考え方のように思える。けれど、そんなにはやくて、なにかをほんとうにわかることができるのだろうか。

はやさ、旅、子どもの頃

たとえば、新幹線ははやい。ほんとうにびっくりするぐらいに。

ぼくが小学生の頃、母親の実家があった尾道に行くのは、信じられないほどの大旅行だった。夕方に東京駅を出発し、夕飯のお弁当を食べ、それから座席にもたれたまま眠るのだ。なかなか眠れない。なので、ときどき、外の風景を見る。真っ暗でなにも見えない。でも、ほんの一瞬、その暗闇の中に、灯が見えるときがある。きっと、そこには家があって、人が住んでいるのだと思う。そんなことを考えながら、いつしか眠ってしまい、気がつくと深夜で、ふと目を開けると、誰もいない大阪駅のホームに着いている。ガランとしたホームが、いくつも、いくつもある。まるで夢を見ているみたいだ。

もちろん、そこでは降りない。誰か、降りた乗客がいたのだろうか。ぼくはまるで覚えていないのだが。

やがて、明け方近くになり、ゆるやかに列車は徐行して、尾道の景色が見えてくる。それは、小津安二郎監督の映画『東京物語』の、それと同じだ。だから、ぼくは、『東京物語』を見るとき、いつも、小学生の頃に戻ることができる。

東京と尾道の「あいだ」を、幼いぼくは、何度も往復した。その「旅」は、子どものぼくには、とても長く、困難で、だからいつも、尾道にたどり着くと、なにかをなしとげた気がしたのだった。

不思議なのは、尾道から東京への復路の記憶がほとんどないことだ。往路だけの記憶。それはたぶん、母親の実家、自分の生まれた田舎へ戻ることにほんとうにワクワクしていたからだろう。

そこには、一晩かけて戻った明け方の尾道とは別の、昼間に戻っていった尾道（もしかしたら、それは、父の実家だった大阪から行ったときの記憶も混じっているかもしれない）もある。懐かしい山、どこかのんびりとした、小さな島たちが次々と現れる、おだやかな瀬戸内海から吹いてくる風が、列車の窓から入りこんでくるとき、期待は最高潮に達するのだ。

その期待は、結局、東京と尾道の「あいだ」で生まれた。現実的な意味でも、象徴的な意味でも。幼いぼくにとっては、過酷ともいえる、その「あいだ」があって、はじめて、その旅は完全なものになった。

けれども、「あいだ」は、どんどん縮んでいくみたいだ。新幹線になってその時間は短くなり、窓から見える風景だって、遠くしか見えない。だって、近くはあまりにはやく通りすぎてしまうから。そこに、「移動」はあるけれど、もう「旅」は存在しない。

そう。たとえば、「あいだ」は、いまぼくが書いたような、幼い子どもが田舎に戻るときに現れる。

それから。また、ぜんぜんちがう場所にだって、「あいだ」は現れる。

一日分の記憶

あるとき、知人が昼近くになって、仕事場の仮眠ベッドで起きて、リビングルームに行くと、ソファに彼の妻が、ぼんやり座っていたそうだ。声をかけようとすると、その妻は静かに涙を流していた。いったいなにがあったんだろう。不思議に思った知人は、妻の横に座り、こういった。

「なにか悲しいことがあったのかい?」

すると、妻は首を横にふった。

「ちがうの」

そして、こんなことをいった。

「子どもたちが大きくなっちゃったの」

知人はしばらくその意味を考えた。確かに、子どもたちは大きくなった。ふたりの男の子は、もう小学校の五年と六年。あんなに幼かったのに。確かに、そうやって彼らを見ると、感動して泣きたくなるのかも。だから、彼は、そのような意味合いのことをいったのである。

「ちがうの」

妻はまたそういった。確かに、子どもたちは大きくなっていたが、それは、知人のいう意味とは少しちがっていた。彼女が目を覚ますと、幼稚園児のはずだった子どもたちがいつの間にか、小学校の五、六年生になっていたのである。そこで初めて、知人は事態の深刻さに気づいた。妻はさらにこう付け加えた。

「ここはどこ？　この家は誰の家？」

知人は、この家の住所を教え、それから、この家がふたりの住む家であることを告げた。すると、妻は、かつて住んでいた町の名をいった。

「どうして、そこにいないの？」

そこに至って、知人はようやく事態をのみこめた。知人の妻はおよそ六年分の記憶を喪失していたのである。知人は妻を病院に連れていった。医者の見立ては「突発性全健忘」であった。これは、突然、ある時期の記憶を完全に喪失してしまう病である。記憶が失われる期間は、数ヵ月のことも、数年のことも、数十年のこともある。

では、その失われた記憶は戻ってくるのだろうか。

たいていは、数週間で戻って来る。もっとかかる場合もある。何年も、だ。そして、失われた記憶がすべては戻って来ないこともある。最悪の場合（それが最悪なのかどうかはわからないが）、失われた記憶がまるで戻らないこともある。

では、何年かの記憶が失われて、まるで戻って来ないとしたら、人は、どんな気持ちになるのだろうか。

その人の妻の場合は五、六年分だったが、十年以上なら、彼女は、子どもを産んだことも覚えていないことになる。それが二十年以上だったなら、彼女は夫の存在さえ知らないことになる。

「あなたは誰ですか？」と訊くのである。

夫は妻のことを知っているが、妻は夫のことを知らない。妻にとって、夫は、未知の「知らない誰か」になるのだ。

今度は、テレビで見た症例だ。

それは、記憶をつかさどる脳の中枢、「海馬」を損傷して、記憶が一日分しかない男性のドキュメンタリーだった。男は毎朝、パニックに襲われる。自分が誰で、そこがどこなのかまるでわからないからだ。だから、男の妻は、まず、彼女の夫を静かに落ち着かせることから始めるのである。あなたが誰で、わたしが誰か、そして、どうして、あなたは混乱しているのか。それから、ゆっくり、ヴィデオを男に見せながら、どんな毎日を送っているのかを話してゆく。やがて、男は少し落ち着く。

その男は、目の前にいるのが妻であることは理解している。けれども、自分に中学生くらいの子どもがいることは知らないのである。

さらに、その男の日常をずっと撮影しているテレビのクルーがいるけれど、毎日、そのクルーが姿を見せるたびに、「初めまして」と男はいう。その男にとって、テレビクルーは毎日会うけれど、いつも「初対面」なのである。

この「海馬」に損傷が起こって記憶が保持できない、という例では、最短で七秒という患者がいる。その人の記憶は、七秒分しかないテープのようなものだ。七秒過ぎると、また最初からテープの上に新しい記憶が上書きされてゆくのである。

七秒のメモリー。七秒しかない時間。それが永遠に繰り返される。それは、どんな経験なのだろうか。あるいは、それを「経験」と呼ぶことができるのだろうか。

そして、記憶を失った人間、記憶できない人間、そんな人たちにとって「自分」とはなんだろうか。

ぼくたちが通りすぎてきたところには、大きな空白の時間がある。あるいは、そこには、いつも、なにも知らないところから始めるしかない「わたし」がいる。

このとき、記憶とは、実は人間そのものだ、といえるだろう。記憶のないところに、「その人」も「わたし」もいないからである。

そして、いうまでもなく、記憶は、あるときから別のときまでの「あいだ」にある。あるいは、「あいだ」そのものなのだ。いや、「人間」ということばには、「間」、つまり、「あいだ」ということばが入っている。「人間」とは、「人」という形をした、なにかの「あいだ」にあるものなのだ。ぼくたち自身が、いわば「あいだ」という存在なのである。

たまには、ゆっくり振り返ってみよう。すると、「そこ」には、つまり、「記憶」という、ぼくたちの後ろに広がっている空間には、一年前の「ぼく」が、十年前の「ぼく」が、それからさらにずっと五十年前の「ぼく」もいる。「そこ」には、もうとっくに亡くなってしまった、たくさんの、懐かしい人たちも、なぜか生きたままの姿で、幼い「ぼく」に話しかけているのである。

あなたの親しい友達が亡くなったとき、あなたはフランス語で何と挨拶しますか

少し前に亡くなった加藤典洋さんの本が出た。『大きな字で書くこと』（岩波書店、二〇一九年）と題されたその本は、加藤さんが最後に書いた本になる。その中に、こんな一節がある。加藤さんが大学生だった、その終わり頃のエピソードだ。大きな大学紛争が終わり、大学には、その経験を持たない新しい、若い学生たちが入学してきた。そのことに、加藤さんは目がくらむような思いをする。そして、未知のフランス人教師の講義を受ける。ブロックさん、という名前の、その講師は、プルーストを専門にする、「温厚な物腰」の女性だった。

その授業で、ブロックさんは、数少ない受講者に、「自分の好きな日本の短編の一部を訳させ、それについて語らせ」たのである。

「彼女の授業では忘れられないことがある。

学生の一人が、ちょうど一年のフランス留学から帰ってきたところだった。数回授業が進んだあと、その彼が手をあげ、日常会話もまともに話せないような学生に日本の文学を訳させ、それをたどたどしいフランス語で説明させるのは滑稽だ、もう少し、実際的なフランス語会話、作文からやったほうがいい、と発言した。

教室は一瞬静まったが、先生がおだやかに尋ね返した。では言ってご覧なさい、あなたの親しい友達が亡くなったとき、あなたはフランス語で何と挨拶しますか。

学生が答えに詰まると、そうでしょう。こういうときにどう話すか、というフランス語の言い方は存在しないのです。そういうとき、人は自分の思いを手本のない自分の言葉で話すしかない。ここは大学ですから、会話の授業はやりませんよ。

私は、もうだいぶフランス語から遠ざかっていた。卒論準備のためのプルーストの『母への手紙』もうっちゃって久しかった。しかし、できればこのあとも、フランス語の近くにいたいとそのとき強く、思った」

この印象的なエピソードを読むと、ぼくは、いろいろと考えてみたくなる。いや、たぶん、みなさんも、だと思う。

ずっと前に、詩人の荒川洋治さんは「文学は実学だ」と書いた。つまり、いいかえるなら、文学というものはとても役に立つものだ、ということだ。

それは、ふつうは、おかしな意見に聞こえる。つまり、世間や社会がいっていることとは、正反対に聞こえるからだ。

文学は役に立たない。趣味みたいなものだ。だから、学校で教える意味なんかない。もっと、「役に立つ」ことを教えろ。多くの人はそういう。世間や社会もそういう。というか、それはどんどん進んでいって、いまや、国語教育に古典なんか必要ないとか、小説を教えるとしたら、一般国語ではない、別の国語の授業にする、という具合に進んでいる。

でも、そうだろうか。

世間や社会がいっているのは、「あいだ」なんかいらない、ということだ。フランス語を学ぶ、ということは、フランス語の会話や作文ができる、ということとイコールで結ばれている。

フランス語を学ぶ→フランス語の会話・作文ができるようになる。

そこには「あいだ」というものがない。

けれど、ブロックさんは、その「あいだ」を教える。あるいは、「フランス語を学ぶ」と「フランス語の会話・作文ができるようになる」の「あいだ」に、「日本の文学を訳させ、それをたどたどしいフランス語で説明させる」を挿入するのである。

そのとき、その日本人の学生は、実は、フランス語を習っているのではなく、「日本の文学」を習っている。いや、そのことを通して、「ことば」を習っている。

フランス語を学ぶためには、日本語を学ばなければならない。とすると、こう書けるんじゃないかな。

フランス語を学ぶ（そのために、先生の指導を受けようとする）→日本語を学ぶ（先生が教えてくれるのは、日本語を通じてフランス語を学ぶこと）→フランス語ができる（そのおかげで、フランス語ができるようになる、具体的にいうと、もしかしたら一生に一度も使わないかもしれないけれど、親しい友達が亡くなったときの挨拶をフランス語でできるようになる）→日本語ができる（親しい友達が亡くなったときの挨拶をフランス語でできるような日本人なら、き

っと、日本語もうまく使える)

そうだ。ここでの「あいだ」には、社会や世間が、「意味なんかない」と考えているものが含まれている。「親しい友達が亡くなったときの挨拶をフランス語でする」ようなことだ。「フランス語でする」と書いてあるから、目立つけれど、もちろん、ブロックさんは、ぼくたち全員に、

「あなたたちは、友達が亡くなったとき、どんなことばで挨拶しますか?」

と訊ねているのである。

ぼくは、この、加藤さんが書いたブロックさんのエピソードを、身に沁みるような思いで読んだ。加藤さんが亡くなったとき、ぼくは、追悼文を頼まれて書くことができず、半年以上も過ぎて、やっと書けたからだ。

親しい友達が亡くなったとき、なにかを書くことは難しい。なにかを書くというとき、たいていのものは、「形式」が決まっている。

誰かが亡くなると、追悼のことばが必要になる。それが親でも親戚でも、ふつうに親しい人でも、その誰かを追悼する「形式」のことばがある。けれども、それが、ほんとうに

親しい人なら、あるいは、ほんとうにかけがえのない人なら、そういう「形式」のことばでは、ダメだ、と感じる。では、なにを書けばいいのか。

そんなときには、知識も常識も役に立たない。なにかきちんとしたことを書きたいと思う。けれども、それがどのようなものなのか、わからない。そして、なにかを書くとしても、自分にあるものの中から取り出して書くしかないからだ。

そのためになにをすればいいのか。

もちろん、それは、前もって準備することはできない。親しい友達が亡くなったときの挨拶のための準備などできない。

けれども、それをすることができる場所がある。

ブロックさんという人は、そう考えていたのだと思う。そういう場所が「大学」だと。

「大学」というところも不思議だ。いったいなんのためにあるのか。

世間や社会に出る「準備」のため、と思われることも多い。だから、フランス語会話ができる、ことが推奨されたりする。でも、いまは、フランス語会話でさえ、必要ないと思われているかもしれない。必要なのは、グローバルな人材になるための「準備」。だから、覚えるなら、フランス語ではなく英語。

そうではない、と思っている人も多い。ぼくも、そうだ。

世間や社会に出るための「準備」の場所なのだとしたら、そこでいちばん大切にされているもの、そこでの価値観も、世間や社会と同じものになってしまう。

あらゆる場所がみんな同じ価値観の世界。それはちょっと怖い。そんな世界や社会に生きることは。

そうではなくて、世間や社会とは異なった価値観が生き延びる場所がなければならない。この社会が生きつづけてゆくためには。だから、その場所は、社会にとって「すき間」になる。

稠密な社会という空間の中に、ぽっかり空いた「穴」のような場所。そこだけはちがった物質でできた世界。社会もまた、ほんとうは均質ではなく、それぞれに「はやく結果を」「役に立つものを」といいながらうごめく、いくつものグループが集まった空間なら、そのどれともちがう空気が流れている場所。「はやさ」と「はやさ」の「あいだ」。そこに、社会とは異なった時間が流れている場所が必要だ。

「あいだ」に立つ

ところで。

最近、二十年近くかかって、孔子の『論語』を、現代の日本語に訳した。おもしろかった。そして、おもしろい、と思った理由がなになのか、ずっと考えてきた。それで、気づいたことがある。

『論語』は、いうまでもなく、「孔子の本」だ。でも、『論語』を書いたのは、孔子ではない。孔子は、著者ではないのである。

『論語』を書いたのは、孔子の弟子たち(たぶん)。というのも、これは、孔子先生が、彼の政治塾で講義をしたり、それから、そこらを歩きながらしゃべったことを、その弟子たちが、ずっと後になって書いたものだからだ。

孔子は自分では書いていない。ということは、構成も、校正もしていない。チェックなんかしていない。もしかしたら、直したいところがあったとしても、それは無理だ。だって、とっくに死んじゃっているのだから。

たとえば、「仁」というものについて、いろんな弟子が質問している。それから、弟子以外の、エラい人たちも。でも、孔子先生の回答はみんなちがう。それらをみんな、淡々と、この本の「著者」は書くのである。

ほんとうの著者である孔子先生は、すぐ近くにいて、ニコニコ笑い、それから、この本の「著者」に向かって語りかける。いろんなことばで。

孔子先生は『春秋』という本を書いたともいわれているから、自分で書こうと思えばできたのかもしれない。けれども、孔子先生は、そうしなかった。

孔子先生→我々読者。

つまり、著者→読者。

これが、ふつうの本のやり方だ。著者と読者の直接取り引き、というか、著者から読者への産地直送（中には、ゴーストライター→読者、という形もある。でも、それは、そのゴーストライターさんと読者との直接取り引きだ）。

でも、『論語』は、ちがう。

孔子先生のおことば→（弟子がありがたく書きとる。もちろん自分の解釈で）→そして読者に届ける、のである。

ここにも「あいだ」がある。ことばを発する誰かを愛情と尊敬を抱いて見まもる誰か、という「あいだ」である。あるいは、ほんとうの著者の送り出したボールをパスするパサーがいる。

『新約聖書』もそうだ。

イエス・キリストという、すごい変わり者の周りに集まった、マジメな弟子たち。その中の四人、マタイ、マルコ、ルカ、ヨハネが、キリストのつぶやきを書き留めたもの、それが四福音書だ（直接の弟子はマタイとヨハネだけみたいだけれど）。

中には、同じ事件を別々に書いたものがある。なにしろ、四人もいるから、四通りの見方がある。ほんとうは、四人で会議を開いて決定版「イエスのことば」を作ればよかったのに、そうしなかった。バラバラのまま、福音書は書かれた。実は、裏切り者ユダによる「ユダ福音書」も存在している、という説まである。あったらおもしろかっただろうな。

ここでも、著者のキリストは書かない。キリストはことばをつぶやくだけ。そして、キリストが放ったボールを、四人がバラバラにパスして、ぼくたちに送るのである。

だからこそ、イエスが直接書かずに、その「あいだ」に、パサーを配置したことで、『聖書』は、というか、「福音書」は、ずっと読まれてきたのかもしれない。

孔子先生、イエス・キリスト、とつづけば、当然、ソクラテスも忘れちゃならない。ソクラテスもまた、パスしか送らなかったエラい人だ。

「**パイドロス**　わかりました！　あなたのおかげで、ソクラテス、私の期待はすっかりくじかれてしまいました。せっかくあなたを相手に練習するつもりで、胸をおどらせていましたのに。……さてそれなら、これを読むことにするとして、どこに腰をおろしたらよいでしょうか。

ソクラテス　ここから横にまがって、イリソス川にそって行こうではないか。それから、どこかいい場所があったら、腰をおろして静かにやすむことにしよう。

パイドロス　私は履きものをはいてこなくて、どうやら、ちょうどよかったようです。あなたのほうはむろん、いつものことですからね。これだと、私たちがこのせせらぎにそって足を濡らしながら行くのはいともたやすいことですし、それに、まんざら悪くはありませんよ。とりわけ、この季節のこんな時刻には――。

ソクラテス　それでは、さあ案内してくれたまえ。そして歩きながら、腰をおろす場所をさがしてくれたまえ。

パイドロス　ほらあそこに、ひときわ背の高いプラタナスの樹が見えますね。

ソクラテス　うむ、見えるとも。

パイドロス　あそこには日蔭もあり、風もほどよく吹いていています。それに、草が生えていて坐ることもできるし、あるいはなんでしたら、寝ころぶこともできます。
ソクラテス　では、そこへ連れて行ってもらおうか」

（『パイドロス』プラトン著、藤沢令夫訳、岩波文庫、一九六七年）


ソクラテスは哲学の父だった。そして、その哲学の父たるソクラテスは、この『パイドロス』の中で、真実とはなにかについて哲学史に残る回答をするのである。

しかし、ここでも、同じように、「あいだ」が顔を出している。そもそも、これを書いているのは、ソクラテスではなく、弟子のプラトンだ。なのに、しゃべっているのは、ソクラテス。しかも、哲学史上の傑作だというのに、川べりを散歩しているだけ！

はやく、といわれるよ、ソクラテス。はやく、その真実とやらについて解説してくださいな、と。

けれども、ここでは、プラトンもまた、師であるソクラテスと共謀して、大切ななにかを、どんどん遠くへパスしようとしているのである。ちなみに、この本の構造はこうなっているみたいだ。

ソクラテスがいう↓パイドロスがこたえる。ついでに質問する↓いや、その前に、ちょっと風が涼しく、景色の美しいところへ行こうとソクラテスがいう↓いいですねえ、とパイドロスがこたえる↓哲学的問答はなかなか始まらない↓それでもいいんじゃないか、とプラトンが書く。

最短距離の「ソクラテスが書く↓読者であるぼくたちが受けとる」に比べ、なんて長たらしいんだろう！　ほとんど「あいだ」ばかりではありませんか。

「あいだ」の必要性

「あいだ」が存在するので、ぼくたちには、孔子先生やキリストさんやソクラテスさんの「真意」がわからない……ことになる。なにしろ、あの人たちは、みんな直接にはなにも書いていない。

いや、ちがうかな。しゃべったのはまちがいないのだ。そして、誰かがそれを聞いたことも。

しゃべられたことば、生まれたばかりのことばは、みずみずしい。でも、それは、あっという間に、こわばったものになってゆく。そのことを、弟子たちは惜しんだのかもしれない。いや、ほんとうのところは、ただもう馬鹿正直に、センセイのことばを後世に残そうとしただけなのかもしれない。けれども、そんな連中のおかげで、センセイたちのことばは、ぼくたちのところまで届いたのだ。どれも、弟子たちの愛情と尊敬で真空パックされた状態で。

センセイたちのことばは、「あいだ」を漂う。漂っているように見えるのは、それがはっきりとはしていないからだ。そして、その「あいだ」という空間は、ぼくたちを、自由に考えさせてくれる空間なんだと思う。答はない。センセイはそういうのである。わたしのことを信じちゃいけませんよ、と。ほんとうはなにをいいたいのか考えてごらんなさい、と。すぐに結論を出してはならない。すぐに結論を出したいと思っても。そこに書いてあるそのことばを、そのまま受けとってもならない。結論を出す前に、その意味をそうだと受けとる前に、少し、周りの景色を見た方がいいと思います。パイドロスは、「はやく教えて」なんていわなかった。その代わりに、「プラタナスの樹」を見つけたのだ。

ぼくたちも、まず、「プラタナスの日蔭」を見つけなきゃならない。考えるのは、その後だってかまわないのである。

2・ぼくたちの知らない、韓国・朝鮮

韓国・朝鮮のことを知りたいと思った。いろんなことを知りたい。最近、そう思う。少し前、「隣の国」の教科書についていろいろ調べて、いろいろなことを考えた。

少しだけ、わかった気がした。でも、「気がした」だけなのかもしれない。

たとえば、ぼくは、いま、「韓国・朝鮮」ということばを使っている。「韓国」だけでは、正確ではないように思えたからだ。「朝鮮」というだけでも。なので、「韓国・朝鮮」というとばづかいになった。でも、それが正確な使い方なのか、はっきりとはわからない。

「アメリカ」ということばを使うように、簡単にはいかない(もちろん、「アメリカ」ということばを使うことが難しくない、というわけではない)。

ぼくは作家なので、ことばを使うときには、ほんとうにマジメに考える。でも、ときどきは、マジメに考えすぎるのもよくないとも思う。

適当に、というか、乱暴に使う必要があることだってあるのだ。「韓国・朝鮮」の場合

は、そうはいかないのだけれどね。

韓国・朝鮮のことを知りたいと思ったのは、そのことばが、たくさん使われるようになっているからだ。

新聞で、テレビで、雑誌で、インターネット上で、たくさん見かける。そういうことばは他にもある。でも、韓国・朝鮮ということばの場合は、その他のことばとはずいぶんちがう。どちらかというと、悪い意味で、というか、悪意を感じる文章の中で使われていることが多い。そう感じる。

悪い意味、っていうのかな。このことばを用いる人たちの多くは、否定的な意味で使う。この「韓国・朝鮮」ということばは、あるいは、それに含まれるものに対して、冷たい視線を感じるものが多い。それから、憎しみ。この「韓国・朝鮮」ということばの周りには、「憎しみ」の感情が渦巻いている感じがする。他に、軽蔑や上から見おろすような感じもある。

それから、この「韓国・朝鮮」ということばの周りには、たくさんの「事実」、あるいは、「事実」と称されるものが集まって来ているみたいだし、「事実」をめぐる争いもあるようだ。でも、なにを「事実」というのかについては、ちょっと曖昧な気がする。とにかく、その「事実」らしいものに、「憎悪」や「軽蔑」の感情がミックスされる。そんな光景をたくさん見てきた。その上で、ぼくの感想をいいたい。

ものすごくたくさん、「韓国・朝鮮」についてのことばは溢れているけれど、そこには、なにかが不足している感じがする。それは、この「韓国・朝鮮」について発言している人たちの多くが、実は、「韓国・朝鮮」について、いろいろなことを知らないように見えるからだ。

ぼくだって、いろいろなことを知らないけれど、でも、「なにかを知っている」ということがどんな感じを与えるのか、ということぐらいなら知っている。

ああ、この人は、このことについてよく知っている、とか、このことについてほんとうによく考えているんだな、ということならわかる。そういうものを読んでいると、気持ちがいい。とてもだ。

そうだ。ぼくが、今回、「韓国・朝鮮」について知りたいと思ったのは、「韓国・朝鮮」ということばは、あるいは、ことがらについて、「よく知らないまま、まるでよく知っているかのように話されたり、書かれたりしている」からなんじゃないかと思う。

それは、その題材が、「韓国・朝鮮」でなくても同じだ。「憲法」だって、「天皇」だって、「文学」だって、「教育」だって、「愛」や「死」や、それ以外のなにものでも、同じだ。

ぼくは、生きている限り、よく知りたい。いろいろなことを。知らないことは、知らない、といいたい。

「知る」ということがどういうことなのか、じっくり考えたい。

そのために、ぼくは、この本を書いている。

そのために、ここで書いているような、ちょっと特別な文章を使っている。

この文章は、ぼくが、きちんと「知る」ため用の文章なんだ。

さて、準備完了だ。「韓国・朝鮮」がなにであるかについて、考えてゆくことにしよう。

出発進行。

「韓国・朝鮮」への旅、の始まり

まず、一冊の本を読んでみることから始めたい。

その本は、直接、「韓国・朝鮮」に関係があるわけではない。なにしろ、ぼくは、ここでは、なにごとも直接には近づかないつもりだからだ。できるだけ遠くから始めてみたい。「あいだ」をたくさん感じたい。その「あいだ」を旅しながら、時間をかけて、「韓国・朝鮮」のことを知ってゆきたい。

とはいっても、その本は、「韓国・朝鮮」に無関係ではない。あまり遠くからだと、みなさんも困るでしょう? なにしろ、人生には終わりがありますからね。いつ終わってもかまわない、というわけにもいかない。

さて。それは、『ハングルへの旅』(朝日文庫、一九八九年)という本だ。書いたのは、詩人の茨木のり子さん。茨木さんは、とても素敵な詩を書く人だ。これは、有名な作品だけれど。

「自分の感受性くらい」

ぱさぱさに乾いてゆく心を
ひとのせいにはするな
みずから水やりを怠っておいて

気難かしくなってきたのを
友人のせいにはするな
しなやかさを失ったのはどちらなのか

苛立つのを
近親のせいにはするな
なにもかも下手だったのはわたくし

初心消えかかるのを
暮しのせいにはするな
そもそもが　ひよわな志にすぎなかった

駄目なことの一切を
時代のせいにはするな
わずかに光る尊厳の放棄

自分の感受性くらい
自分で守れ
ばかものよ」

最後の「ばかものよ」も、すごくいいけれど、ぼくは、最初の節の「みずから水やりを怠っておいて」も好きだ。ほんとに、そうだと思うから。
こんなふうに、茨木さんは、しっかりと、そこにあるべきところに、ことばを置く。

ことばについて、すぐれた哲学者や批評家は、それを使って、厳密に、思考という道筋を歩いてゆく。詩人という人たちも、きちんとことばを使う。でも、その使い方の「厳密さ」は、哲学者や批評家といった人たちの多くとは、ちがう。

ことばには、意味以外の要素があって……いや、そうじゃない。ことばの「意味」には、一般的に「意味」として通用しているものより、もう少し幅広い「意味」がある。そのことをよく知って、茨木さんは使っている(そうじゃない詩人だっているけれど)。

そんな茨木さんが、「韓国・朝鮮」に興味を持ち、「韓国・朝鮮」に近づいていった。その記録が、『ハングルへの旅』だ。だから、茨木さんは、直接「韓国・朝鮮」に向かったのではなく、まずは、「ハングル」という文字、つまり、ぼくたちと「韓国・朝鮮」との「あいだ」から始めた。そして、そこから、たくさんの「あいだ」を巡った。その旅日記が、この本だ。

ぼくは、「韓国・朝鮮」に向かうための「あいだ」に、茨木さんの本を選んだのだけれど、この本自身が、茨木さんにとっての「あいだ」の本だったのだ。「あいだ」の中に「あいだ」がある。いい感じだ。距離がどんどん開いてゆくから。

じゃあ、読んでゆこう。
なにかわかるといいな。もちろん、目標は「韓国・朝鮮」だけれど、それがわからなくても、他になにかがわかればいい、ぐらいの気持ちでいたい。

この本にはプロローグがある。本が始まる前のことばだ。本を読む前に、つまり、その本体に触れる前の、儀式のようなものがある。たとえば、手を合わせて拝む格好をするとか。そういうことを、本を書く人はする。ぼくだってする。そこでは、この本を読むときの「心がまえ」みたいなものを書いてあることが多い。注意書き、というか、取り扱い説明書というか。そうすれば、野球の本だと思って買って、頁を開いてみたら小説だったのでガックリきた、なんてこともなくなる（ぼくの本の中には、そうやってたくさんの人を落胆させたものもある。ごめんなさい。プロローグがなかったからですね）。

「　扶余の雀

扶余（プヨ）は百済（ペクチェ）の古都である。

古都ではあるが何もない。

その殆んど何も残ってはいないところがいい。

山河が在るばかり、という点では飛鳥に似ていた。

定林寺跡と言われるところがある。

そこには百済（ペクチェ）時代の石仏と石塔が僅かに残されている。

石仏は頭部が欠けていたという。

唐・新羅（シルラ）軍によって百済（ペクチェ）が滅亡させられた時のことか、もっと後のことだろうか、長く首なしの石仏であったそうだが、これではあまりにお気の毒と、後世の人がまったく別の頭を持ってきて据え、その上に石板を載せ、更にその上にポンと一つ丸石を置いた」


これが最初の頁。どうだろうか。いいな、とぼくは思った。そして、茨木さんから、はっきりとしたメッセージを受けとった気がした。

この、最初の頁までで、読者であるぼくたちにわかっているのは、この本のタイトルが『ハングルへの旅』ということだけだ。ハングルは韓国（朝鮮）の文字、ということは、茨木さんは、なんらかの理由で、ハングルを用いることばに取り組み始めたにちがいない。

それだけはわかる。語学の勉強が好きだから？　韓国（朝鮮）文学に興味があったから？『冬のソナタ』を見て、ペ・ヨンジュンや韓流ドラマのファンになったから（いつの時代の本なのか、確認してないので、適当です）？

　では、茨木さんの回答は？

最初の文は、全て、改行になっている。

これは、詩の書き方だ。というか、一行ずつ改行するので、ていねいに読んでください、という挨拶にも思える。

　ここから始まるいろいろなことを、慌てて読もうとはしないで、と茨木さんはいっているのである。

　はい、わかりました！

　そして、扶余（プヨ）と百済（ペクチェ）と新羅（シルラ）。あっ、そう読むのか。知っている漢字（百済に新羅）もあるけれど、そう読むとは知らなかった。自分の国ではないのに、自分の国のことばで勝手に読んでいた。そういうのって、ちょっとおかしい。なにも知らないぼくだってそう思う。

そんなふうに、この「取説」には書いてある。

　そう、それから、ここには「滅亡」のことが書いてある。「滅亡」といえば暗い。「滅亡」といえば重い。「滅亡」といえば絶望。

でも、心配することはありません。

「これではあまりにお気の毒」と、首なしの石仏に、別の頭を持ってきて置いた人がいる、と書いてある。ちょっと安心する、ぼくたち読者としては。

だから、「安心して」と書いてあるのだ。どんなときも。「滅亡」というものが、目の前に現れたとしても、別の頭と丸石を「ポンと一つ」置けるように。そうしてください、わたしもそうします。そう書いてあるのだ、と思う。それこそが、「ハングル」という「韓国・朝鮮」を象徴するものへの旅に必要な心がまえなのだ、と。

そうか。このプロローグの部分もまた、本文への「あいだ」なんですね。

動機

最初の文章のタイトルは「動機」。

「『韓国語を習っています』」

と、ひとたび口にすると、ひとびとの間にたちどころに現れる反応は、判で押したように決まっている。

『また、どうしたわけで？』

『動機は何ですか？』

同じことをいやというほど経験し、そしてまた私自身、一緒に勉強している友人に何度同じ問いを発したことか。

隣の国の言葉を習っているだけというのに、われひとともに現れるこの質問のなんという不思議。

『英語を習っています』

『フランス語をやっています』

と言われれば、

『いま、運転を習っています』

と聞いた時のようにその実用性を、しごく当たりまえのこととして受け入れる。

『して、動機は？』

『なにゆえに？』

とは絶対に尋ねない。

朝鮮語ばかりではなく、インドネシア語、タガログ語、タイ語などをやっている人たちも、ほぼ同じであるだろう。

明治以降、東洋は切りすてるのが国の方針であったわけだが、以後百年も経過して、尚ひとびとが唯々諾々とそれに従って、何の疑いも持たないというのは、思えば肌寒い話である」

「東洋は切りすてるのが国の方針」と「ひとびとが唯々諾々とそれに従って、何の疑いも持たない」ということばが鮮やかに、問題を切り出す。でも、茨木さんは、「問題」を切り出して、どうする、とこちらに問いかけるわけではない。なによりもまず、ハングルを読む、知る、習うことが大切だ、と思っているからだ。

この本が出たのは一九八六年、三十年以上前だから、韓流ブームはまだ。中国の大発展もまだ。だから、いまとはかなり事情は異なる。いまなら、将来のために、自分のために、中国語を学ぶ、という人は、けっこういる。それはいい。でも、そのために、三十年ほど前には、こんな様子だったことを忘れてしまうのはどうか。いや、ほんとうのところは、なにも変わっていないような気もするのだが。

ところで、茨木さん、動機はなんですか？

「『動機は？』と問われると、私は困ってしまう。うまく説明できなくて。動機は錯綜し、何種類もからまりあっていて、たった一つで簡潔に答えられないからである。その時々でまったく違った答えかたをしている自分を発見する。

＊

『若い時からやりたかったんです。いつ頃から？　そうですね、敗戦直後くらいから。でも時間もとれず、どこへ行ったら習えるのかもわからず、とうとう五十歳になってしまって、おそるべき晩学です』

先日、知人と話していて、私が、金素雲（キムソウン）氏の『朝鮮民謡選』（岩波文庫）を、少女時代に愛読していたことに話が及び、

『じゃ、ずっと昔からじゃないですか』

と言われ、そう言われれば関心の芽は十五歳くらいからか……と改めて振りかえる思いだった」

そういって、茨木さんは、その中の一篇を引用する。

「麻の上衣（チョゴリ）の
中襟（なかえり）あたり
硯滴（みずさし）のよな
あの乳房、

莨種（たばこだね）ほど
ちらりと見やれ
たんと見たらば
身が持たぬ

＊

なんとしましょぞ
梨むいて出せば
梨は取らいで
手をにぎる

＊

姑　死ぬよに
願かけしたに
里のおふくろ
死んだそな」

これは隣の国の民謡だ。ああ、素敵だ。この詩の選集が刊行されたのは一九三三（昭和八）年。その頃になにがあったのか。とりわけ、この国とその隣国の「あいだ」に。それは、とても大切なことだけれど、そのことは、じっくり後で考えることにしたい。とりあえず「知識」を、という考え方もある。確かに、それも悪くはない。「知識」の不足が誤解を招くことだってあるからだ。基本的なことを知らなくちゃ、なにも始まらない、というのもほんとうだ。でも、ここは、グッと我慢。茨木さんも、あえてまだなにも書かない。慌てる必要がないことを、よく知っているのである。「ハングルへの旅」が長い旅になることを、よく知っているのである。

ここで、茨木のり子さんについて、少しだけ書いておこう。知っている人も多いかもしれないが。

茨木のり子さんは一九二六（大正十五）年生まれ。ぼくの母親と同い年だ。ということは、こうの史代さんの原作で、片渕須直監督によるアニメーション映画が大ヒットした『この世界の片隅に』の主人公の北條すずさんともほぼ同じだ。敗戦時に十九か二十だった人たちだ。

茨木さんもまた、戦時下の厳しい環境、空襲や飢餓を乗り越えて生き延びた人だ。茨木さんは、二十三歳頃、結婚し、その後、詩の雑誌への投稿を始めた。

一九五三年、川崎洋さんと共に同人誌「櫂」を始める。「櫂」には、それから、谷川俊太郎さんや吉野弘さんといった詩人たちが加わった。生真面目で政治的な現代詩の主流とは、少しはずれたところで、「櫂」の詩人たちは目覚ましい働きをしていた。

そんな茨木さんが韓国語を習うようになったのは一九七六年だ。

やがて、茨木さんは、韓国現代詩の紹介をするようになった。隣の国のことばの世界に深く入りこんでいったのである。

一九九九年、茨木さんの詩集『倚りかからず』が、詩集としては異例のベストセラーになった。それから七年後の二〇〇六年二月十七日、くも膜下出血で死亡。享年七十九。夫が亡くなってからずっと独り暮しだった茨木さんが寝室で亡くなっているのを発見したのは親戚だった。遺書が残されていたそうだ。

茨木のり子さんは、戦争の時代を生きた人だった。たぶん、茨木さんの詩でいちばん有名なのは「わたしが一番きれいだったとき」だろう。

「わたしが一番きれいだったとき
街々はがらがら崩れていって
とんでもないところから
青空なんかが見えたりした

わたしが一番きれいだったとき
まわりの人達が沢山死んだ
工場で　海で　名もない島で
わたしはおしゃれのきっかけを落してしまった」

こんなふうに始まって、

「わたしが一番きれいだったとき
わたしの国は戦争で負けた
そんな馬鹿なことってあるものか
ブラウスの腕をまくり卑屈な町をのし歩いた」

こんなフレーズは、ほんとにすずさんみたいで、どんどん進んでいって、最後には、こう歌うのである。

「だから決めた　できれば長生きすることに
年とってから凄く美しい絵を描いた
フランスのルオー爺さんのように
ね」

ああ、そうだったのか。茨木さんが、ハングルへの旅をすることになったのは、もしかしたら、「年とってから凄く美しい絵を描」くことと同じだったのかもしれない。この旅の背景には、「わたしが一番きれいだったとき」に書かれていたことがあるような気がする。つまり、それは、戦争だ。

いや、理由はいろいろ、と茨木さんは書いているのだった。

茨木さんは、年をとってから、ハングルを習いはじめた。会話というより、韓国の詩人たちの詩を翻訳するために、あるいは、彼らの詩をきちんと読むことができるように。

もしかしたら、加藤典洋さんのところで出てきたブロックさんと同じことを茨木さんは考えていたのかもしれませんね。

「これももう十年以上も前になるだろうか。韓国の女流詩人、洪允淑（ホンユンスク）さんが来日され、会いたいとの連絡を下さったので、銀座でお目にかかったことがある。私とほぼ同世代の方で、日本語がうまく、私の詩もよく読んでいて下さるのに、こちらからは洪（ホン）さんの詩が皆目わからないのだった。

『日本語がお上手ですね』

その流暢さに思わず感嘆の声をあげると、

『学生時代はずっと日本語教育されましたもの』

ハッとしたが遅く、自分の迂闊さに恥じ入った。日本が朝鮮を植民地化した三十六年間、言葉を抹殺し、日本語教育を強いたことは、頭ではよくわかっていたつもりだったが、今、目の前にいる楚々として美しい韓国の女と直接結びつかなかったのは、その痛みまで含めて理解できていなかったという証拠だった。

洪さんもまた一九四五年以降、改めてじぶんたちの母国語を学び直した世代である。その時つくづくと今度はこちらが冷汗、油汗たらたら流しつつ一心不乱にハングルを学ばなければならない番だと痛感した。

いつか必ず。これも動機の一つである」

深いところにあった動機である。

洪さんという同世代の女性詩人が現れ、茨木さんは気づいたのだ。自分の祖国が、その目の前の人から母国語を奪ったことを。

「植民地」ということばがある。いや、そうではなく、合法的に、日本が合併したという人もいるのだが。そのことを茨木さんは知っている。けれども、とりたてて、そのことに触れる必要はない、と考えている。

なぜなら、茨木さんは、詩人で、それも、日本語で書く詩人だから、だ。日本語で書く詩人だから、どの国の詩人もそうであるように、母国語というものがどれほど大切なものであるかを知っている。そのことだけははっきりいえる。知っていることだけをいえばいい。これだけは、といえることだけを書けばいいのだ。そうではありませんか。

では、とさらに、茨木さんは考える。

もし、自分が母国語を奪われて、別のことばで考え、別のことばを使うよう強制されて、強制だけならばまだいいけれど、それが当たり前になって、母国語ではない支配者のことばで考えたり、詩を書いたりしなければならなかったとしたら、どうだろうか。

もっとも内奥の秘密をも、支配者のことばで綴らなければならないとしたら、どうだろうか。いや、そこまで行かなくても、かの国の人たちは、あるいは、かの国から日本へ渡ってきた人たちは、ぼくたちふつうの日本人が、ふつうに日本で生まれて、ふつうに日本語を使い、話し、詩や小説を書いたりするのとはちがう経験をしなければならなかった。

それはまちがいのないことだ。

そして、そのような経験をすることが、どういうことなのか、ほんとうには、ぼくたちにはわからないのである。

洪さんという、同世代の詩人を前にして、まるで、鏡に映ったもうひとりの自分のような（でも、ぜんぜんちがうけれど）その人を前にして、日本語で書く詩人である茨木さんは、おののくのである。同じであるはずなのに、国がちがうだけで、まったく異なる経験をする人が、目の前にいるのである。

そして、それを読むぼくは、そんな茨木さんに対して、なんだか、ありがとう、といいたくなるのだ。


こうやって、たくさん「あいだ」を通りすぎて、韓国・朝鮮が、少しずつ姿を現してくる。ここまで待ったかいがあった。でも、焦ってはいけない。なにかを慌てていう必要も、書く必要もない。ぼくたちは、旅をすればいい。茨木さんと一緒に、だ。動機は一つではない、と書いていたんだから、茨木さんは。

「いつの頃からか、たぶん三十歳を過ぎた頃からだったと思うが、『いいな』と惚れこむ仏像は、すべて朝鮮系であることに気づいたのである。
百済(くだら)観音、夢殿の救世(ぐぜ)観音、広隆寺の弥勒(みろく)菩薩などなど。
また同じく心うばわれる陶器は、白磁、粉引(こひき)、刷毛目(はけめ)、三島手(みしまで)、すべてこれ朝鮮系であった。蒐集癖はないから手もとに何一つ逸品はないけれど、折り折りに視たそれらは、眼底に焼きついている」

けれども。

「柳宗悦は書いている。

『その美術を愛しながら、同時にそれらの人々が、作者たる民族に対して冷淡なのに驚かされる』と。

著作のなかで繰りかえし語られる、この鋭い批評は、現在も尚生き続け命を失ってはいないのだ。そのことに逆に深い悲しみをおぼえる。

秀吉の頃より、一城を傾けても悔いないほどに一箇の茶碗に執着し、しかもその抹茶碗はたいてい朝鮮の雑器であったのであり、その眼力、美意識は相当なものだと思うが、それを創り出す民族には一顧だに与えず、朝鮮半島を思うさま蹂躙している。そして陶工だけを引っこぬいて来たのだ。

柳宗悦の憤りや批判は、遠く一五九二年頃にすでに端を発している事柄である。美術と言葉とは直接の関係はないけれども、朝鮮美術（過去、現在を含めて）を熱愛する者としては、言葉を学ぼうとすることは、この〈冷淡さ〉の克服につながろうとする、一つの道ではあるかもしれない、と思っている」

そうか、「遠く一五九二年頃にすでに端を発している」のか。

それでは、簡単に解決するわけがない。知れば知るほど、解決は遠ざかってゆく。でも、仕方がない。どんなに遠ざかったとしても、知らないよりは、ずっとましなのだから。だから、とても複雑な、いくつものからまりあった動機を抱いて、それでも、茨木さんは、前へ進むのである。

「こんなふうに私の動機はいりくんでいて、問われても、うまくは答えられないから、全部をひっくるめて最近は、

『隣の国のことばですもの』

と言うことにしている。この無難な答でさえ、わかったような、わからぬような顔をされてしまう。

隣の国のことば——それはもちろん、南も北も含めてのハングルである」

茨木さんは、うまく答えることができない。それでいいのだ、とぼくは思う。

茨木さんは、「隣の国のことば」と付き合おうと思った。真剣に、全力で、だ。そして、それは、とてもとても難しいことだ。茨木さんの母国(ぼくや、それから、これを読んでくださっているみなさんの母国でもあるのだが)と、隣の国は、ややこしいことになっている。「ややこしい」なんて、まるで自分とは無関係な、冷たい言い方はよくないかもしれない。でも、ほんとうに、それは「ややこしい」。それも、主として、ぼくたちの母国が過去にいろいろしてきたことのために、である。

そのことをいろいろ知りたくて、それから、そのことを解決するためにはどうすればいいのかを考えたくて、ぼくは、こうやって、文章を書いている。けれども、解決を焦ってはいけない。もっと知らなければならない気がするのだ。それも、茨木さんがやっているようなやり方、なにかこう、とても「あいだ」的ななにかを旅しながら、である。

浅川巧さんを求めて

「浅川巧（たくみ）」という人のことを、ぼくは、茨木さんのこの本で初めて知った。茨木さんも、実はほとんど知らなかった、と書いている。とても大事な人だ、と思う。ぼくたちの母国と韓国・朝鮮のことを考えるときには。

浅川さんは、一八九一（明治二十四）年に山梨県で生まれた。兼業農家の出身で熱心なクリスチャン。それが浅川さんだった。

一九一四（大正三）年、それは朝鮮併合四年後のことで、浅川さんは朝鮮に渡って、朝鮮総督府に就職し、林業関係の仕事についた。林業の仕事で半島をくまなく歩き、すぐにハングルを習い、また、歩きながら、日常雑器の美しさに魅かれ、研究を始めた。

「柳宗悦をして『彼がいなかったら、朝鮮に対する私の仕事は其半をも成し得なかったろう』と言わしめた人である。

二十三歳で渡ってから四十一歳で亡くなるまで十七年間、朝鮮服（パジ・チョゴリ）を愛用し、ロバの背にゆられ、当時、

『あの朝鮮人はずいぶん国語（日本語）がうまいね』

と、日本人からも見まちがえられるほどで、

『ヨボ！（おい）どけ！』

と、日本人から怒鳴られると、黙って静かにどいたという。

差別される側に身を置いたことで、一層はっきり見えてきたものがあったのだろう。

そんな暮しぶりが少しも殊更ではなく自然で、鼻につかず、しっくりしたものだったという。

美術工芸品も物として切り離すのではなく、それを生む人々をこよなく愛した。……中略……

学歴も高くはなく、月給もさほどではなかったのに、困窮している人々をずいぶん助け、学費を援助した子供たちも多かったという。

一九三一（昭和六）年四月、彼が急性肺炎で卒然と逝ったとき、葬式代にも事欠くありさまだったのに、朝鮮の人々は号泣し、彼に捧げられた熱情は無類であり、大勢集まってきて葬儀を助けた。生前の遺言によって、朝鮮式の葬いをして、この国の土に眠った」

遥か昔に、そんな人がいたのだ。茨木さんは驚いた。もちろん、ぼくも驚いた。

そして、茨木さんは、ハングルを学ぶ日本人の大先輩として、いや、隣の国の人びとや隣の国のことばを愛する日本人の大先輩として、いちど墓参りをしてみたいと考えた。

一九八四年、茨木さんは、同性の友人ひとりを伴って、ソウルの東にある林業試験場を訪ねる。かつて浅川さんが働いていた場所だ。そこに行けば、お墓のありかがわかるのではないか、と思って。

茨木さんは、あたりを歩いている職員に「浅川巧という日本人のお墓におまいりしたいのですが、どのあたりでしょうか？」と訊ねた。すると、その若い職員は、茨木さんをすぐに建物の一角に招き入れ「ここでしばらくお待ちを」といったのである。やがて、呉(オ)さんという中年の紳士が現れた。育林部長とわかった。そして呉さんは、こういったのである。

「浅川巧先生のお墓は、ここからかなり遠い忘憂里(マンウーリ)にあるのです。車で案内させましょう」

それだけではなかった。車を待つ間、自分は直接、浅川さんを知らない世代なので、かつての同僚であった「令監様(ヨンガムニム)」を紹介しましょうといった。「令監」は「位の高い官吏」、お年寄りへの尊称だ。やがて「令監様」である、金二万（キムイーマン）さんが現れた。八十四歳で、顧問としてそこで働いていらっしゃるのである。そして、懐かしそうに、日本帝国主義下の時代にもかかわらず、浅川巧という日本人は「差別のない人だった」というのだった。

　さあ、後は、茨木さん自身に語ってもらうことにしよう。

「お葬式は雨の日で、白の朝鮮服（パジ・チョゴリ）を着て、ロイド眼鏡をかけ、帽子をかぶったその遺体を納めた棺を、大勢の韓国人がかつぎ、群れなすように集まってきた人々と共に、悼み歌をうたいながら一時間もかかって、共同墓地、里門里（イムルリ）の丘へ運んだ。土葬であった。なにからなにまでこちら式で、東京から駆けつけた柳宗悦も、あとでさすがに驚いていたという。

　里門里（イムルリ）の墓が区画整理で、十年くらい後にこれから行こうという忘憂里（マンウーリ）に移葬されたのだという。

　話を聞きながらこれらの思い出が、ほぼ五十年くらい前の話だということに気づき、改めて呆然としてしまった。実感としてはまるで十年くらい前の話にきこえる。一人の人間の人格の反映が、かくも永く尾を引くものなのだろうか」

「やがて車がきて、林業試験場の青年二人が運転してくれる。
『こんな車しかなくて……』
苗木などの運搬車らしかったが、こちらは恐縮のきわみだった。私はたまにはものを書く人間であるとは一言も言わなかったし、名刺も持たなかったし、ふらりと現れた日本の女二人に対して、こんなに親切にして下さっていいものなのだろうか。
これもまた浅川巧先生への追慕の情の反映なのだと、ありがたく頂くしかなかった」

「頂上に近く薬水（ヤクスー）（泉）の湧くところがあり、その横に大きな松の木が三、四本立っているところが浅川巧の墓の目じるしだった。なるほどこれでは一日かかっても私たち二人では探し出せなかったろう。

そこで車を降り斜面を登ってゆくと、壺型の石碑、浅川巧功徳之碑が目に入る。

韓国が好きで　韓国人を愛し
韓国の山と民芸に

捧げた日本人
ここに　韓国の
土と　なる

まんなかのハングルの碑銘はこう読めた」

その墓には浅川巧さん、ひとりが眠っている。家族たち、夫人も娘も、もうこの世の人ではなく、墓は東京にある。夫人と娘は戦後、日本に引き上げ、静かに暮らした。茨木さんは、後で、柳宗悦の紹介で駒場の民芸館で働いていた娘と会っていたことに気づく。

「生涯独身で、柳宗悦の助手として六十歳で亡くなられた。柳宗悦をしのぶ文章は多く残されたのに、父、浅川巧に関する文章は一つもないという。

父をよく知る娘だったのかもしれない。すべてに表だつことの嫌いな御一家だったと言える。

浅川巧は、朝鮮における皇民化の激しくなる前、一九三一（昭和六）年に逝ったが、健在であればその後どう生きたか。またさかのぼって一九一九年の三・一独立運動をどう見たか。結局のところは山林一つをとってみても猛烈な収奪をやってのけた朝鮮総督府に属した一官吏にすぎないという観かたもあるだろう。

だが、明晰な論文や弾劾文を発表すること、政治活動をすることだけがすべてではない。その時々の現象的な運動にかかわるだけがすべてではないだろう。言葉少なに、自分のできる範囲内でまわりに尽くし、黙って死んでいったその生きかたには、なぜか私は強く惹かれる。

そして、そういう浅川巧の人間の魅力を、この国のひとびとは見のがさなかったのだ。故人となってまでも実に数すくない日本人の友として選んでいる。そこにこの国のひとびとのこわいような眼力(がんりき)を感じさせられる。

しかも浅川巧の人柄に添うように、ひっそりと山林庁の中でだけ、その徳を偲んでいるような感じが一層このましい」

たくさんの感慨が浮かんでくる文章だと思う。この向こうには、浅川巧さんという、遥か昔、ぼくの知らない国で死んでいった、ぼくと同じ国の、ぼくと同じことばを話す人がいる。その、まったく知らない人のことを、ぼくはなんだか近しい人のような気がしている。

茨木さんは「旅」をして、そこにたどり着いた。「そこ」というのは、小さなお墓だ。そして、茨木さんは、手を合わせ、瞑目したのである。

韓国・朝鮮のことを知りたい。そう思う。そう思って、いちばんの近道は、たくさんの「情報」が書いてある本を読むことだ。それも大切だ、と思う。ほんとうに。

その「情報」の中には、歴史も入っている。それ以外のたくさんのこともある。そして、その「情報」たちは、たくさんあるほど、いい。それに振り回されない、という条件の下で、だけれど。

けれども、そんな「情報」たちを、たくさんたくさん集め、読んだとして、知ったとして、それだけでは足りない。そのことも、ぼくたちはわかっている。

なぜなんだろうか。

そのこと、つまり、「情報」だけでは足りない、ということは、韓国・朝鮮に限ったことじゃない。どんなこと、どんなものについても、そうなんじゃないだろうか。

茨木さんの、この『ハングルへの旅』は、韓国・朝鮮についての本だ。韓国・朝鮮を知りたいと思って、茨木さんは、この本を書いた。いや、正確にいうなら、茨木さんは、ハングルを知ろうとしたのだ。ハングルという、ひとつのことば、ひとつの民族が使っていることば、文字、それを知ることで、韓国・朝鮮という、すごく難しいことがらに近づこうとしたのだ。

韓国・朝鮮と、ぼくたちの「あいだ」に、ハングルということば、文字を置いて、だ。

その「あいだ」に、浅川巧さんがいる。浅川巧さん、という個人がいる。韓国人とか朝鮮人とか日本人というより、「浅川巧さん」という「個人」として、その人は、ぼくたちの前に現れるのである。

だから、ぼくたちは、読むことができた。なにかがわかる、ような気がしたのだ。

ぼくたちが「わかる」ためには、「個人」という「顔」が必要なんだ。韓国人とか朝鮮人とか日本人という人がいるのではない。そんな人に会ってもなにをしゃべったらいいのかわからない。ちょっといたたまれない。

でも、「浅川巧さん」なら大丈夫なのだ。それは、すごく不思議なことじゃないだろうか。だって、その「浅川巧さん」は、遥か昔、ぼくが生まれる前に、しかも、遠い異国で死んでしまっているのだから。

尹東柱を求めて

ずっと昔、韓国がぼくたちの国の植民地だった頃、ぼくたちの国から、その植民地である国に渡り、その地の人びとのことを考えつづけ、それから、その地のことばを使い、そのことによって、その国の人びとにとって忘れることのできない人になったのが浅川巧さんだった。

それから少しして、同じように韓国が植民地だった頃、その植民地である韓国から、宗主国であるぼくたちの国に渡り、その国のことば、つまり、ぼくたちの母国語である日本語でしゃべりながら、同時にひそかに、自らの母国語で詩をつむいでいた若者がいた。その若者の名前を「尹東柱（ユンドンジュ）」という。

それにしても、浅川巧さんと尹東柱さんは、時代こそ少しだけちがうけれど、なにかがものすごく似ているような気がする。だからだろうか、『ハングルへの旅』の最後に登場するのは、尹東柱さんなのだ。

「韓国で『好きな詩人は？』と尋ねると、『尹東柱（ユンドンジュ）』という答が返ってくることが多い。

序詩

死ぬ日まで空を仰ぎ
一点の恥辱（はじ）なきことを、
葉あいにそよぐ風にも
わたしは心痛んだ。
星をうたう心で
生きとし生けるものをいとおしまねば
そしてわたしに与えられた道を
歩みゆかねば。

今宵も星が風に吹き晒らされる。（伊吹郷訳）

二十代でなければ絶対に書けないその清冽な詩風は、若者を捉えるに十分な内容を持っている。

長生きするほど恥多き人生となり、こんなふうにはとても書けなくなってくる。

詩人には夭折の特権ともいうべきものがあって、若さや純潔をそのまま凍結してしまったような清らかさは、後世の読者をも惹きつけずにはおかないし、ひらけば常に水仙のようないい匂いが薫り立つ。

夭折と書いたが、尹東柱(ユンドンジュ)は事故や病気で逝ったのではない。

一九四五年、敗戦の日をさかのぼること僅か半年前に、満二十七歳の若さで福岡刑務所で獄死させせられた人である」

茨木さんは、ハングルへの旅の途中で、この若い詩人と出会った。ぼくも、茨木さんの、この本を読まなければ、尹東柱の詩を読むことはなかっただろう。

いま、ぼくたちは彼の詩を、岩波文庫の『尹東柱詩集　空と風と星と詩』(金時鐘編訳、二〇一二年)で、かんたんに読むことができる。ぼくは、この文庫版を繰り返し、読んだ。

この本には、原文のハングルもおさめられている。茨木さんは、このハングルを、心をこめて読んだにちがいない。ハングルができないぼくは、ただ見るだけだ。でも、やはり、繰り返し、ぼくが読むことができない、その、異邦の文字を読んだ。そして、理解したいと思った。そうでなければ、ほんとうに、その詩人のことも、それから、韓国・朝鮮のこともわからないのだ、と思った。

いや、自分の理解というものは、いつも中途半端なのだ、と思った。そのことをいつも思い浮かべたい、とも。

金時鐘さんの解説を参考にして、尹東柱の生涯を見てみよう。

尹東柱は一九一七年十二月三十日、北間島(ブッカンド)に生まれた。現在の中華人民共和国吉林省延辺朝鮮族自治州である。朝鮮族が住むこのあたりは永く、ソ連、日本、中国といった大国の利害が対立する場所であった。

尹東柱一家の祖父は敬虔なキリスト教徒、母方もまた同様に篤実なキリスト教一家であった。共に福岡刑務所で獄死することになる従兄弟の宋夢奎(ソンモンギュ)もまた、尹東柱と同じように幼児洗礼を受けている。

一九三二年、十五歳で尹は宋と共にキリスト教系の中学に入学、四学年の二学期から、本国にある平壌の中学に転入学したが一九三六年、神社参拝拒否で学校は廃校になった。尹は別の学校に転校、宋は前年に家出し朝鮮独立を目指す団体に入り、四ヵ月にわたり拘禁された。

一九三四年、十七歳頃に、現在見出すことができる最初の作品が書かれた。

一九三五年、十八歳、初めて詩が活字になった。

一九三六年、南次郎が朝鮮総督府総督として赴任、「国体明徴・鮮満一如」等の朝鮮統治方針を掲示した。この年の十二月、「朝鮮思想犯保護観察令」が公布、思想統制が強化された。

一九三七年、二十歳。尹は次々と詩を書いた。七月「シナ事変」が勃発、十月、「皇国臣民の誓詞」発布、朗読・斉唱が義務となった。

一九三八年、二十一歳で尹は中学を卒業し後の延世大学に入学、宋も同じ道を歩んだ。朝鮮教育令が改定され、朝鮮語の授業が事実上廃止された。

一九三九年もまた多くの詩が書かれた。「創氏改名」公布。

一九四〇年、二十三歳。国語誌「文章」「人文評論」強制廃刊、東亜日報、朝鮮日報強制廃刊。

一九四一年、二十四歳で卒業、この年、後の尹東柱詩集の原形となる自筆の詩稿集を作った。「序詩」が書かれた年でもある。この年末、尹一家は創氏改名に応じ「平沼」と名乗った。尹東柱の日本留学のためだった。二月に「朝鮮思想予防拘禁令」公布、十二月、太平洋戦争勃発。

一九四二年、二十五歳の四月、立教大学文学部英文科に入学。ちなみに、ぼくの父親はその前年の三月に、同大学文学部英文科を卒業している。もう一年遅ければ、尹東柱とすれちがっていたのだ。十月、尹は京都の同志社大学英文科に転学、一方、従兄弟の宋は春に京都帝国大学に入学していた。

一九四三年、夏休みに入って間もない七月十日、宋は独立運動の容疑で逮捕、尹もその四日後、同じ容疑で逮捕された。このとき、大量の本や日記も押収された。

一九四四年、三月三十一日、尹東柱は治安維持法違反の罪で懲役二年の判決。宋も同じ罪名で四月十三日に同じ懲役二年の判決を受けた。二人とも福岡刑務所に投獄されたのである。

一九四五年、二月、「トウチュウ　シボウ」の電報が朝鮮の実家に届いた。ここから先は、金時鐘さんの文章を直接引用する。

「父と父のいとこの尹永春（ユンヨンチュン）が遺体を引き取りに日本へ行ったあと、〈東柱危篤につき保釈しうる、もし死亡した際に死体を取りにこないならば、九州帝大医学部に解剖用として提供する。速答せよ〉という要旨の、尹東柱がまだ生きていた時に出された形式の郵便通知書が、遅れて故郷の家に配達されました。まるで物か、そこらで野垂れ死にした犬ころ扱いです。

九州に到着した父と父のいとこは先に、まだ生きていた宋夢奎に面会しましたが、連日名もわからぬ注射を打たれているとかで、骨と皮の体で喘（あえ）いでいたそうです。尹東柱の臨終を見たという日本人の若い看守は、『東柱さんは何の意味かわかりませんが、大きな声でひと声叫んで息をひき取りました。やさしい人でした』と語ってくれています。刑務所側の知らせでは午前三時三六分が絶命の時間だそうです。遺体は火葬されて故郷に戻り、三月六日、龍井の東山（トンサン）教会墓地に埋葬されました。

三月一〇日、宋夢奎も獄死します」

ふたりが獄死して半年後、戦争は終わった。

尹東柱が亡くなって三十九年目にあたる一九八四年、伊吹郷によって全詩集『空と風と星と詩』（記録社）の日本語による完訳が刊行された。伊吹郷は刊行にあたり、尹東柱の生涯を調べたが、獄死の真相を突き止めることはできなかった。

茨木さんは伊吹さんに会い、こう書くのである。

「そしてまた、尹東柱（ユンドンジュ）のかつての下宿先やゆかりの地など訪ねて証言を求めようとしても、誰一人彼を覚えている日本人も居なかったという。

写真を見ると、実に清潔な美青年であり、けっして淡い印象ではない。ありふれてもいない。

実のところ私が尹東柱の詩を読みはじめたきっかけは彼の写真であった。こんな凜々しい青年がどんな詩を書いているのだろうという興味、いわばまことに不純な動機だった。

大学生らしい知的な雰囲気、それこそ汚れ一点だに留めていない若い顔、私が子供の頃仰ぎみた大学生とはこういう人々が多かったなあという或るなつかしみの感情。印象はきわめて鮮烈である。

それなのに日本人の誰の記憶にもとどまっていなかった」

茨木さんの『ハングルへの旅』は、こうやって、死後、韓国・朝鮮を代表する民族詩人として発見された尹東柱という若者への挽歌で終わっている。

韓国の人たちの記憶に深く刻みこまれた浅川巧さん、日本人の誰も覚えていなかった尹東柱。もちろん、ふたりの活躍の度合いも、年齢も、やろうとしていたこともまるでちがう。ちがうことがわかった上で、なお、茨木さんも、ぼくもまた、ぼくたちの国と韓国・朝鮮の「あいだ」に、越えることの難しいものがあることを感じるのだ。

ぼくの好きな、尹東柱の詩はいくつもあるが、中でも、これ。岩波文庫版から引用してみる。茨木さんも、伊吹郷訳で引用している。すぐれたものだと思う。

「　たやすく書かれた詩

窓の外で夜の雨がささやき
六畳の部屋は　よその国、

詩人とは悲しい天命だと知りつつも
一行の詩でも記してみるか、

汗の匂いと　愛の香りが　ほのぬくく漂う
送ってくださった学費封筒を受け取り

大学ノートを小脇にかかえて
老いた教授の講義を聴きにゆく。

思い返せば　幼い日の友ら
ひとり、ふたり、みな失くしてしまい

私はなにを望んで
私はただ、ひとり澱（おり）のように沈んでいるのだろうか？

人生は生きがたいものだというのに
詩がこれほどもたやすく書けるのは
恥ずかしいことだ。

六畳の部屋は　よその国
窓の外で　夜の雨がささやいているが、

灯（あか）りをつよめて　暗がりを少し押しやり、
時代のようにくるであろう朝を待つ　最後の私、

私は私に小さな手を差しだし
涙と慰めを込めて握る　最初の握手。」

「一九四二・六・三」と日付の書かれた詩だ。「人生は生きがたいものだというのに　詩がこれほどもたやすく書けるのは　恥ずかしいことだ」という一節に、特にうたれる。尹東柱という、ぼくの知らない、異邦の詩人は、留学先の下宿でひとり、禁止されていた、母国のハングルという文字を使って、この詩を書いたのだった。ぼくは、それを、二〇一九年の東京で、日本語で読んでいる。

一九四二年の京都、植民地からやって来た青年が書いたハングルと、それから七十七年後の日本にいるぼくが読む日本語。その「あいだ」にあるものを、ぼくは考える。

ぼくにとって、韓国・朝鮮は、その「あいだ」にある。あるいは、その「あいだ」にあるものと考えたいのだ。

3・ふたつの国の「あいだ」で書かれた文学

なにかについて「知る」ためのすぐれたやり方の一つが、そのなにかの「まわり」にある文学を読むことだと思う。

それは、小説や詩、それらに類したなにかのこともある。最初は記録やドキュメンタリーや日記や単なるメモやエッセイのつもりだったのに、それ以上のものになった。つまり、「文学」と呼ぶしかないなにか、になったもののこともある。

なぜ、それがすぐれたやり方なのか、というと、なにかについて書く、あるいは、なにかについて報告する、というとき、たいていはそのなにかを「直接」書こうとする、報告しようとするけれど、「文学」というやり方は、ちがうからだ。

その「なにか」のことを、ほんとうに知るためには、そのことを「直接」に描いてはだめだ、ということを、文学は本能的に知っている。ややこしいけれど。

「盲点」ということばを知っていますか。夜、天空にある星々を見つめる。都会ではよく見えないのだが。

その星々、そのうち、光が弱いもの、専門的にいうと六等星以下のものは、肉眼では見えにくい（ぼくは、元天文部）。もっとも、都会では散乱する明かりのせいで、もっと明るい星でも見えにくい。

とにかく、そのギリギリのところで見えるか見えないかの星は、直接見ようとすると見えない。その代わり、ちょっと視線をそらすと、視界の端っこにチラリと見えるのである。

原理は簡単だ。光が真っ直ぐ眼底に入りこむと、ちょうどそのあたりは、視神経の出口で、そこは光を感じる細胞がない部分なのである。そこを「盲点」と呼ぶ。だから、ちょっと視線をずらす。そうすると見える。

見ようとすると、見えず。少しずらすと、見える。なんだか示唆的だ。

それだけではない。知りたい「なにか」は、そのもの自体ではなく、そのものの「まわり」にぼんやり広がっているものなのかもしれない。その「なにか」がかもしだす別の空間があって、その空間がなければ、実は、その「なにか」もわからない。そう、それが「あいだ」なのだ。

たとえば、ぼくは、ずいぶん「従軍慰安婦」に関係する本を、ことばを、読んだけれど、いちばんすぐれて、いろいろなことを教わった、と思えたものは、そのことについて書かれた小説、つまり、作家たちの「報告」だった。彼ら作家は、その現場にいて、小説という形式で「報告」を試みた。彼らにとって、「従軍慰安婦」たちは、「従軍慰安婦」というジャンルの人たちではなく、そういうジャンルの名前で呼ばれている、ひとりひとりの「個人」だった。だから、いまでも、彼らの「報告」は読むに値する。

だから、韓国・朝鮮の人たちとぼくたちの「あいだ」のことを知るためにすぐれたやり方の一つは、その「あいだ」で書かれた文学だ。たとえば、さっきの尹東柱さんの詩もそうだった。

ここからは、もっとたくさんの「尹東柱」さんたちの文学を読んでゆくつもりだ。たくさんありすぎて、ほんの一部しか読めないのだが。

「植民地」にて

ここから、ぼくが読むのは、「植民地である韓国・朝鮮での文学」だ。それは、ほんとうにややこしく、複雑だ。

というのも、ふつう、文学というものは、その（国の）ことばに所属している。

ベネディクト・アンダーソンという人は、『想像の共同体』の中で、こんなことをいっている（と思う）。

↓近代国家の成立には、まずその「国語」の成立が不可分だ↓だとしたら、小説や新聞というものが生まれて流通していることも大切な条件の一つだ↓というより、それを読む人たちがその登場人物を「これは自分たちだ」と思える小説があってこそ、初めて共同体意識が生まれる、そして、その国、国民国家が生まれるのだ（といっているみたいだ）。

ぼくたちの国もそうだ。明治維新になって、いまのぼくたちが使っているようなことば、言文一致体のことばで、なんでも書けるようになった。それはしゃべることばとほとんど同じ（気がするだけなのかもしれないが）で、ぼくたちは、それを自由に使いこなせると思っている。でも、よく考えてみると、日本人全員が、「言文一致」を採用して、しゃべることばと書くことばが一致しているわけじゃない。地方には、方言があって、だから、そこでは、書くことばとしゃべることばが、ぜんぜんちがう。それでも、その人たちは、「そういうものだ」と思って、区別しながら使っているのだ。

そうじゃない場合は、どうなるんだろう。

それが「植民地」だ。

ある国が、別の国を支配すると「植民地」とか「属国」とかいう状態になる。そして、そのとき、それらの国にもともとあった「ことば」たちはどうなるのだろうか。

支配される側の国が「植民地」なら、支配する側の国は「宗主国」になる。「宗主国」と「植民地」が、まったく同じことばを使っているのなら問題はない（ことはないよね、やっぱり)。

けれど、ちがうことばを使っているとき、ややこしい問題が起こる。「宗主国」の側が優しかったら、いや、優しかったら、そもそも植民地になんかするはずがないのだが、とにかく、ことばに関しては、「植民地」の人たちが自由に使うようにさせるかもしれない。でも、それは難しい。だって、ベネディクト・アンダーソンがいうように、国民国家の成立に「国語」が必須条件なのだとしたら、その植民地の人たちに彼らのことばを許すということは、彼らに「国民国家」であるように促すことになってしまうからだ!

だから、「宗主国」は「植民地」の人たちに「植民地」のことばを許さないことがある。では、「植民地」の人たちは、どうすればいいのか。彼らは、自分たちのではない、よその国のことば、「宗主国」のことばを使うのである。それは、とても複雑なことだと思う。だって、文学のことばは、もっとも複雑なことがらを扱うのに、それを、使いなれない、しかも、自分たちを支配していることばにやってもらわなきゃならないからだ。

それだけじゃない。「植民地」には「宗主国」の人たちもやって来る。もちろん、「宗主国」のふつうの人たちは、複雑な気持ちを持たない。強者だからだ。

どこに行っても、自分たちがふだん使うことばを使えばいい。「植民地」に来て、自分たちのことばを使うと、その土地の人たちはへいこらする。頭を下げる。それから、使いなれない「宗主国」のことばを使って対応してくれる。この下手くそ！　そう思って、意気揚々と、自分の国のことばを使うのだ。支配することは楽しい。

でも、そう思わない「宗主国」の人たちもいる。そういう人たちは、もともと、「支配」なんてことが好きじゃないのだ。そういう状態にいることに鬱々としてしまうのだ。たとえば、きっと、浅川巧さんも、そういう人だったんじゃないか、とぼくは思うのだ。もしかしたら、「宗主国」と「植民地」に分けなくても、元々、ことばに敏感な人と、鈍感な人がいるだけなのかもしれない。

ただ、「宗主国」と「植民地」という形になったとき、その、敏感と鈍感というちがいが、すごく大きな意味を持つことになる、ということなんだろうか。

さあ、では、読んでゆこう。

「宗主国」の作家が描いた「植民地」の人たちの姿

教科書にもよく載っている「山月記」で知られる中島敦は、一九〇九（明治四十二）年、東京に生まれた。十一歳で、教師であった父の転勤でソウルの小学校へ転校。およそ五年半を朝鮮半島で暮らした。東京帝大を卒業した後教員生活をおくった。小説を書きながら教師から常夏の南洋へ移り、南洋庁の職員になったが、体調を崩し、帰国。帰国後九ヵ月で一九四二年の十二月に死去。三十三歳だった。その最後のことばは「書きたい、書きたい」であったと伝えられている。その中島が書いた作品が「巡査の居る風景 一九二三年の一つのスケッチ」（コレクション 戦争と文学17『帝国日本と朝鮮・樺太』集英社、二〇一二年）だ。主人公は「巡査」の趙教英。「植民地」となった朝鮮で、「宗主国」のための巡査として働いているが、いつも、内側に、ことばにならない思いを隠している。

趙教英が電車に乗っていると、言い争う声が聞こえてくる。

「腰かけて居る粗末な姿(なり)をした一人の日本の女と、その前の吊革につかまって居る白い朝鮮服をつけた学生らしい青年とが言い合って居るのであった。

——折角(せっかく)、親切に腰かけなさい、いうてやったのに。——と女は不平そうに言って居るのだ。

——併(しか)し、何だヨボとは、ヨボとは一体何だ。——

――だから、ヨボさんいうてるやないか、

――どっちでも同じことだ。ヨボなんて、

――ヨボなんていやへん。ヨボさんというたんや、
女には何にも分らないのだ。そして怪げんそうな顔付をして、他の人達の諒解を得ようとするかの様にあたりを見まわして、

――ヨボさん、席があいてるから、かけなさいて、親切にいうてやったのに何をおこってんのや。

車内には所々失笑の声が起った。青年はもう諦めて了って、黙って此の無智な女を睨みつけた」


註によれば「ヨボ」は「もとは朝鮮語における呼びかけの言葉。かつて日本で、朝鮮人に対する蔑称として使われた」のである。使った日本人の女は、そのことを知らない。「まわり」は知っている。知っていて、それ以上に追及することもできない。なぜなら、そこはもう「植民地」で、それを使っているのが「宗主国」の人間だからだ。その風景を見ていた趙教英は、その日の午後に起こった別の事件を思い出した。それは、府会議員の

選挙演説会を監視しに行ったときのことで、その会場で演説した候補はみんな「内地」の、つまり、日本人の候補だったが、ひとりだけ朝鮮人の候補がいたのだ。そして、その候補に「黙れ、ヨボの癖に」と怒鳴った日本人がいたのだ。そのとき、その候補はこう叫んだのである。

「――私は今、頗る遺憾な言葉を聞きました。併しながら、私は私達も又光栄ある日本人であることを飽く迄信じて居るものであります。

すると忽ち場の一隅から盛な拍手が起って来たのだ。……」

「植民地」の人びとも、いちおう同じ「日本人」であることになっている。いちおうではあるのだが。電車を降り、そんなことをぼんやり考えながら歩いていると、趙教英は、いきなり「猟虎の襟の外套をつけた立派な紳士」からお辞儀をされたのである。ただ、ある高官の住所を訊かれただけだったのだが。そんな立派な紳士（しかも日本人）から、そんなにていねいに声をかけられたことのない趙教英は一瞬とまどった。そして。

「と、その時だった。彼はある一つの大発見をして愕然として了ったのだ。

――俺は、俺は今知らない中に嬉しくなって居はしなかったか。――と彼はぎょっとしながら自分に尋ねて見た。

——あの日本の紳士に丁寧な扱いを受けたことによって極く少しではあるけれども喜ばされて居たのだ。丁度子供が大人に少しでもまじめに相手にされると、すっかり喜んで了うように、俺も今無意識の中に嬉しがって居たのだ…………。もう先刻の青年も笑えなかった。府会議員の候補のことも云えなかった。

——これは俺一人の問題ではない。俺達の民族は昔からこんな性質を持つように歴史的に訓練されて来て居るんだ——。

ふと横を見ると男が道傍にしゃがんで小便をして居るのだ。彼は何げなく『立小便』することを知らない此の半島の人達の風習を考えて見た。

——此の一寸した習慣の中にも永遠に卑屈なるべき俺達の精神がひそんで居るのかも知れぬ。——彼はそんなことを、ぼんやり考えて見た」


これは、中島敦が見た風景だったろう。「宗主国」の人である中島敦が、「植民地」の人たちの内部に入りこんで書いた文章。ここで描かれている「趙教英」の内側は、何重にも屈折している。そして、それを描く中島敦の内側は、それよりもさらに何重にも複雑に屈折しているように、ぼくには思える。

「高等普通学校の校庭では、新しく内地から赴任した校長が、おごそかに従順の徳を説いて居た。(今迄居た内地の中学校で、彼が校規の一つとして、独立自尊の精神を説いたことを、幾分くすぐったく思い浮べながら。)

普通学校(「註」によれば「韓国併合後、総督府が朝鮮に普及させた朝鮮人向けの公立学校のこと。日本の小学校にあたり、四年制〔のち六年に延長〕。教育勅語の理念に基づき、日本語中心の皇民化教育を強調したため不人気」とある――高橋注)の日本歴史の時間、若い教師は幾分困惑しながら、遠慮がちに征韓の役を話した。

――こうして、秀吉は朝鮮に攻め入ったのです。――

だが、児童達の間からはまるで何処か、ほかの国の話しででもあるような風に鈍い反響が鸚鵡がえしに響いてくるだけなのだ。

――そうして秀吉は朝鮮に攻め入ったのです。

――そうして秀吉は朝鮮に攻め入ったのです」

ここでは「趙教英」がなにを考えたのかは書いてはいない。そんなことは必要がないからだ。ここには、「宗主国」の人間と「植民地」の人間たちが入り交じる風景があって、彼らの気持ちもまた、入り交じっている。ただそれを、作者の中島敦は、正確に写しとろうとしているように、ぼくには思える。ここでは、こういうことがあったのだ。誰も書かないかもしれないけれど、わたしは書く。そんなふうに、作者はいっているように、ぼくには思える。

さらに、話は進み、東京から戻ってきた総督がピストルで撃たれる事件に出くわし、いつの間にか通うようになっていた「淫売婦」の亭主が、東京で行方不明になったと聞いて、それはおそらく関東大震災のとき虐殺されたんだと教え（それに驚いた女がそのことをしゃべったために刑務所送りになり）、やがて、上司の課長と言い争った「趙教英」は、警察をクビになり、路頭に迷う。「趙教英」は、養わねばならない家族のことを考え呆然とするのである。そして、この作品の終わりはこう書かれている。

「気がつくと何時の間にか殖産銀行の横に来て居た。冷たい扉を閉した此の大きな石造建築の柱の陰にはチゲ（荷物運び専門の労働者――高橋注）の群がその担架を横に捨てたまま石ころの様に眠って居た。

『オイ、オイ。』彼は煙草臭い彼等の中に身を投ずると、その中の一人を揺り起そうとした。

『…………』何か訳の分らぬことをいいながら、其のチゲは脂（やに）だらけの眼を眠そうに一寸開けたかと思うと、直（す）ぐに又閉じて了った。うるさそうに痩せた手を動かして、教英の手を払いのけて一つ寝がえりを打つと、白い田虫（たむし）に囲まれた其の口から長い煙管がコトンと舗道に落ちた。

『お前は、お前たちは。』突然何とも知れぬ妙な感激が彼の中に湧いて来た。彼は一つ身を慄（ふる）わすと、彼等のボロの間に首をつっこんで泣き初めた。

『お前たちは、お前たちは。此の半島は……此の民族は……』


最後の叫びは、「植民地」の人「趙教英」のものだが、同時に「宗主国」の人・中島敦のものだともいえる。では、なぜ、この遠く離れた立場のふたりが、同じ声を持つように見えるのか。このことの意味を、ぼくたちは考えてみる必要があるように思う。

「植民地」の作家が書いた「植民地」の人たちの姿

鶴見俊輔さんは「朝鮮人の登場する小説」(鶴見俊輔集11『外からのまなざし』筑摩書房、一九九一年)という評論の中で、ぼくたちの国と朝鮮・韓国の「あいだ」の歴史について、大きな枠を考え、こんなことを書いている。

「日本人が朝鮮人にたいしてもつ偏見は、欧洲人がユダヤ人にたいしてもつ偏見のように長い歴史をもつものではない。江戸時代以前には敬意をもって朝鮮に対していた時代があった。江戸時代後期には交渉がたえていたために日本人は朝鮮人にたいして無関心であった。明治維新以後、米国が日本にたいしてとった近代文明の強制的輸出の役割を、日本は朝鮮にたいしてとろうとし、この時から朝鮮人にたいする保護者意識とそれとはうらはらな軽視の歴史がはじまる」

一八七三年の西郷隆盛の征韓論、一八七六年の江華条約による朝鮮開国の実現、一八九四―九五年の日清戦争、一八九五年の日本人による朝鮮王妃(閔妃)暗殺事件、一九一〇年の日韓併合をへて、日本は朝鮮を植民地にし、朝鮮人の反乱は武力でおさえられた。やがて、労働者として日本にわたった彼らは、「低賃金労働者としての在日朝鮮人」となって「日本人大衆の間に朝鮮人にたいする軽蔑を育てる」条件となるのである。

「もう一度、もとにもどって日朝交渉史をたどりなおしたい。日中戦争開始後の一九三八年（昭和十三年）には朝鮮において学校での朝鮮語の使用は禁止され、一九三九年には朝鮮の姓名をすてて日本風の姓名をえらぶことがすすめられた。一九四〇年九月には、日本名前に変えるものは一千六百万人、全人口の約八割に及んだ。また戦時下の労働者の不足をおぎなうために、一九三九年以後、朝鮮人を鉱山業・土建業に集団としてつれてくることが業者にみとめられることとなった。朴慶植によれば、一九三九―四五年までに百万人あまりが、強制的・集団的に朝鮮からつれてこられて、戦時日本のもっとも苛酷な労働にしたがった。一九四二年には朝鮮人にたいして徴兵令がしかれた。

こうした状況を、朝鮮の文学者はどううけとめたか。それは、金史良・韓雪野・李箕永のように状況にたいする抵抗の姿勢をつらぬく道と、李光洙（香山光郎）や張赫宙（野口稔、戦後は野口赫宙）のように日本の支配者の思想に同化しようとする道とにわかれる」

これがもし逆の立場だったら、ぼくたちはどうしただろう。その頃の日本人はどうしただろう。隣の国に支配され、自分たちのことば、国語である日本語の使用を禁じられたとしたら。そして、自分の国から隣の国に連れていかれたり、あるいは行ったとしても、安い賃金で働かせられ、その上で、軽侮の目で見られたとしたらどうだろう。そのときには「高橋」という名前ではなく、たとえば「朴」という名前に変えなければならないのだとしたら。そうしなければ、立派な教育を受けることができず、その結果、意味のある反抗をする手段も得られないのだとしたら。そう思って、屈辱を噛みしめて暮らしていても、通りすがりに「このジャップめ」などと吐き捨てるようにいわれるのだとしたら。その上、自分が生まれた故郷にあった神社やお寺はすべて破壊され、別の国の教会に様変わりしていたとしたら。そのとき、ぼくたちが生み出す小説は、どんなものになっていただろうか。

鶴見さんの文章の中に出てきた朝鮮人文学者の中から、抵抗の姿勢をつらぬいた金史良(キムサリャン)と、日本の支配者の思想に同化しようとした張赫宙(チャンヒョクチュ)の小説を読んでみる。まずは金史良の「草深し」(前掲『帝国日本と朝鮮・樺太』所収)からだ。

「畳々（じょうじょう）と幾重にも深い山に囲まれたこんな僻邑（へきゆう）の会堂で、旧師の鼻かみ先生を再び見ることになろうとは、朴仁植は夢にも思っていなかった。郡守（郡の首長）の叔父が一堂に狩り集められた山民達を前にして、所謂（いわゆる）色衣奨励（総督府が民族性否定の植民地政策の一つとして、白の衣服を好んで着用した朝鮮人に、色衣着用を強制したこと）の演説をやるために重々しく演壇に現われた時、彼の後からひょこひょこ吹かれるように、ついて出て来た首のひょろ長い通訳係りの五十爺が、まがいもない中学時代の鼻かみ先生だったのだ。意外な驚きに仁植は気息を凝（こら）して目を瞠（みは）ったが、何しろ次の瞬間はぞくぞくと胸にこたえて来る何物かに突き当った。やはり先生は昔のように片手にハンケチを持って赤い鼻をしきりにふいている。ただそのハンケチが昔のより遙かによごれているだけだった。叔父は一郡の長として朝鮮語を用いては威信に関（かかわ）ると思い込んでいるので、鼻かみ先生が代って彼の内地語（日本語）を朝鮮語で通訳するという訳である。ここへ来て仁植は、叔父が内地語等一切知らない、若い妾（めかけ）に向ってさえ、いかにも得意げにそれが又大変な内地語でまくしたてるのを何度も見ているので、彼が誰一人内地語を知ろう筈（はず）もない山民達に向って、態々（わざわざ）通訳者を伴い全く哀れな程へんちくりんな内地語の演説をやるという事実に対しては、別段驚きもしなかった。けれど仁植はでっぷり肥（ふと）った叔父の傍に鼻かみ先生がおずおず立って顔を赤くしたり、鼻をハンケチで押えたりしている光景を見ては、さすがにたえかね『ほうあの先生が……全く悲劇だ』と呟いた。仁植にとっては自分と並々ならぬ交渉のある旧師をこんな場所で見出すことは大きな驚きであるばかりでなく、確かに何とも云えない悲しいことに違いなかった。中学時代でのことがいろいろと彼の熱した頭の中でぐるぐる渦を巻き始める。唇をひき結んで腕を組みながら彼はじっと演壇を眺めた。鼻かみ先生はハンケチを片手に丸めて握ったまま、心持ち目をつぶるようにして郡守の云う言葉を一つも聞き落すまいと気張っている」

貧しい山民の前で宗主国のことばで意気揚々と演説する叔父、それを植民地である自分の国のことばに翻訳している、中学生時代の先生。実は、鼻かみ先生が、こんな山奥で惨めな役人になっている原因は仁植にもあった。それは中学五年の頃のことだった。

「中学五年の二学期のこと全校生を挙げて同盟休校に入った時、仁植達はこの鼻かみ先生をも共に排斥したのである。それは彼を何より不憫に思ったからだった。鼻かみ先生は彼等に朝鮮語読本を教えていた。だがもともと朝鮮語の先生といえば一番映えない存在である。それで学校の老小使さんまでが田舎の郷里に帰れば酒を飲むと、自分が朝鮮語の先生だとふれ廻るという噂さえあるのだ。鼻かみ先生は恰で惨めな標本を身をもって示そうとするかのように、何しろ毎朝一番早く登校して来ては暗くなって始めて帰るのだが、課業で教壇の上に立った時にせよ又は教員室に跼るようにして仕事をしている時にせよ、一日中顔を真赤にして鼻ばかりしくしくかんでいた。他の若い内地人（日本人）の先生達はただ一人の朝鮮人先生である彼を莫迦にして、いろいろ自分達の仕事をそれとなしに命じたり頼んだりしていた」

ただ一人の朝鮮人先生である「鼻かみ先生」は、いちばんの下っぱとして、もっとずっと若い日本人先生たちにこき使われる。また同時に、朝鮮人中学生たちにもからかわれる。それは、鼻かみ先生が、自分たちを映す見たくもない鏡だったからだ。結局、同盟休校の果てに、仁植たちは放逐されるが、鼻かみ先生も、そのとばっちりで免職になったのである。そして、大学生になった仁植は、辺鄙な山の中で鼻かみ先生と再会したのだった。そして、ここでも、鼻かみ先生は、惨めな役割を背負い続ける。この作品中で、もっとも印象的なシーンは、市場の近くに立って、そこに入ってくる朝鮮人たちの着物に、「白色の服を着ないための印」として、墨をつけているところだろう。

「ところがその次の瞬間彼の目は凍てついたように動かなくなった。そこからいくらも離れていない、市場の入口に当るポプラの木の下に、二三の郡庁員と共に墨壺と筆を手にした背のひょろ高い鼻かみ先生が立っているのを見付けたのだ。その後には叔父と内務主任が控えて扇子を使いながら、にこにこ愉快そうに指揮をしている。若い男達が市場へ何も知らずにはいろうとする男や婦を摑まえて来ると、鼻かみ先生がその薄ぎたない着物に墨印をつけている。皆はけらけら笑ったりした。だが鼻かみ先生は顔の汗や鼻をしきりにふいているばかりで、墨をつけられた男も又黙って汗を手首でふきながら去って行く。さすがに一人の婦が手を振りながら悲鳴を上げた。すると郡守を始め男達はいよいよ気味よさそうに声を出して笑いたてていた」

それが「植民地」の「日常」の光景だった。それは、ナチスがユダヤ人たちにユダヤ人であることがわかるようにつけた印と同じものだったろう。そして、「宗主国」の人間たちは、その、印をつける役を、同じ「植民地」同胞の中からも選び、共犯者とするのである。なぜ、鼻かみ先生はその役に選ばれたのか。なぜ、その役にふさわしいと思われたのか。生活のためになんでもしなければならなかったし、また、彼には、「植民地」のことば、という最低のものを教える役回りもあったからだ。その光景を見て、仁植は「沸々として胸をつき上げて来る憤怒をどうすることも出来なかった」。彼にできたのは、この短い小説の中で、その一瞬の光景を、宗主国のことばで描くことだけだった。

金史良は一九一四(大正三)年に平壌に生まれた。作品中に書かれた中学での同盟ストライキで退学処分を受け日本に渡り、後に東京帝大独文科に入り卒業。日本語の小説を書いたのは三四年が初めてだった。彼を「文芸首都」に紹介し同人としたのは、奇しくも「親日」作家の張赫宙だった。戦後の五〇年六月、朝鮮戦争勃発後に従軍作家として朝鮮人民軍と共に南下したが、持病の心臓病で落伍、以後消息不明となった。

最後に、張赫宙の「岩本志願兵」(同書所収)を読んでみたい。

張赫宙は一九〇五(明治三十八)年、慶尚北道大邱府に生まれた。大邱では無政府主義の団体に所属、三二年、雑誌「改造」の懸賞小説で入選、東京での授賞式に参加し、その翌年「文芸首都」の同人になった。日本での作家の道を選び、日本に定住、五二年に帰化している。

「岩本志願兵」の主人公は、朝鮮人志願兵だ。その背景について川村湊さんは、こう書いている（同書）。

「韓国併合によって日本人となった朝鮮人（「半島人」）には、『内鮮一体』を謳いながら、〝外地〟居住のため選挙権がなく、また〝内地〟への渡航（居住）の制限などの差別的な措置が取られていた。『国民皆兵』の思想に基づく徴兵制の『半島』への不適用も、その差別的な政策の一つだった。別に朝鮮人の青年に兵役を免除してやろうといった〝仁政〟などではない。韓国併合後も、日本への不服従の精神、独立の気概を持ち、そのチャンスをうかがっている〝不逞鮮人〟の予備軍のような若者たちに、銃を持たせることの危険性を憂慮した結果であり、日本語の普及が〝未だし〟の状況では、軍隊内での意思疎通もおぼつかないと考えられていたからである。

しかし、中国戦線、太平洋戦線の拡大によって、兵隊となる日本人壮丁の不足が目立ち始める時期には、志願兵制度による朝鮮人青年の軍への狩り出しが始まる。一九三八年四月に施行された『陸軍特別志願兵令』により、一七歳以上の朝鮮人男子は志願兵として従軍できることになった。ただし、志願というのは名ばかりで、文科系の大学生などには〝志願の強制〟が行われ、さらに戦争末期の一九四三年八月には朝鮮にも徴兵令が施行されることになり、四四年から実施された。また、軍属としての〝従軍〟は、志願兵、徴兵とは別に実施され、炭鉱労働者の強制徴用、女性を動員して従軍慰安婦として働かせるなど、植民地朝鮮は、まさに『内鮮一体』となって日本の戦争へ狩り出されていったのである。こうした朝鮮人兵士や軍属の一部が、戦後、東南アジアなどの旧占領地で、B、C級の戦犯として処刑されたことは、彼らの悲劇をいっそう際立たせている」

しかし、どれほど深刻なことが書かれているとしても、これは情報にすぎない。ぼくが、ここまで繰り返しいってきたように、「情報」には「あいだ」が生まれるすき間がないのだ。もちろん、それら「情報」たちの向こうにある、その「情報」の素になったなにかがあるにちがいない。それらの「素」たちを、数えきれないほど集めたとき、そのときには、ぼくたちは、いままで見たことのない風景を見つけることができるかもしれない。そんな作業にも、ほんとうに大きな意味があることを、ぼくは知っている。

けれども、非力なぼく、ぼくたちにできること、それを考えてみたい。

それは、書かれたことばの中にある、まだ読まれていないもの、読みとられることを待っているものに耳をかたむけることではないか、とぼくは思う。それらのもの、耳をかたむけるべきものだから、おそらくは、「声」のようなもの、「あいだ」に飛び交っている「声」、もしかしたら、大きな音や雑音に混じって、聞き分けにくくなっているそれ、そのものに、耳をかたむけたい。それが、途方もなく困難であることはわかっているのだが。

この章の最後に、「岩本志願兵」を引用したい。朝鮮育ちの「私」と内地育ちの「岩本」という、ふたりの志願兵の物語だ。ふたりは朝鮮人であるが故に、日本人以上に日本人になることに全身全霊をかけるのだ。これは、国策小説とも呼ばれ、併合される「植民地」の人びとの内面の、動員されていく無力な様子を、書いたのだともいわれている。そうかもしれない。そうも読める。

けれども、これは、「植民地」で生まれ、ことばと土地と歴史を奪われた人びとをその目で見て、しかもその後、その、ことばと土地と歴史を奪った者たちのところへおもむき、そんな彼らのことばで書いた小説なのである。

この小説、このような立場から書かれた小説は、その後、糾弾の対象となった。愚かなものとして指弾され、嘲笑され、時には無視されたのである。「植民地」の側からも、あるいは「宗主国」の側からも。だが、この小説を、ぼくたちは、「愚か」であると嘲笑できるだろうか。

　この小説からは、大きな声が聞こえてくる。その時代の声のようなものも聞こえてくる。その中に、ほんとうに微かに、そうではない声もまた聞こえているような気がする。それは「日本語」の声であり、でも、そうではなく、「韓国・朝鮮」の声であり、でも、やはり、そうとはいえない。そんな声だ。どこでもない、「あいだ」にしかないことば、声。それは、ぼくが、この小説という、大きなものたちの「あいだ」で、聞きとったと思えたものだ。それが、ぼくの幻聴ではないのだとしたら。

「静観室に上って、御真影の前に拝跪(はいき)した私は、院生と同じ気持に浸って、聖恩の無窮を感じた。

　食堂に下りた時、昼食に向っている院生が瞑目合掌(めいもくがっしょう)して、

一滴モ天地ノ恵ミ、一粒モ労苦ノ賜(タマモノ)、粗末ニ使ヘバ恩ニ背キ、不足ニ思ヘバ徳ヲ失フ

と、朗唱しているのを見た時、なぜともなく厳粛の気に打たれるのであった。

(ここも立派な精神道場だ)

と、全鮮至る処にある道場と思い比べながら考えた。

『一人残らずお国に役立てようと努力しております』

と、丸岡院長はいった。

『しかしただ真人間にしてやるということだけでは何か力が欠けていると思います。私がこの学院を創設しましたのは昭和八年でありますが、当時は指導精神が薄弱で困りました。或る朝宮城遙拝を致しております時、はっと悟ったことがありました。今でこそ珍しくない言葉ですが、皇民錬成だとはっきり悟ったのであります。ここへ収容される院生は一度は過ちを犯しましたが、皆皇国民たるの自覚のなさが最大の原因でした。自分は日本人である。皇国臣民である。どんな場合に逢着(ほうちゃく)しても決してこの信念を捨てない。こう指導したのであります。その後は院生の自覚は一段と速(すみや)かになり、学院にはいった翌(あく)る月にはもう立派に皇民たるの自覚が出て参ります。どんな口先のうまい悪魔が来ましても、うちの生徒の信念を崩すことは出来ません。そこへ志願兵制と徴兵制です。私共の信念は愈々(いよいよ)花が咲き、実を結ぶのであります。私はただ聖恩の有難さに感泣するしかありません』

『岩本も兵隊になれることから自分も日本人だとはっきり悟ったと申しておりました』

『そうであります。岩本は兵隊になれないというのでひがみ始めましたから。そして高麗神社へ参詣しました折、自分の祖先も大和民族と同じであったということに自信を持ったのです。私は岩本の顔が生々と変ってゆくのを今もはっきり思い浮べられます』

私は岩本と同じ過程を経て、皇民たるの自覚を持つであろう同胞もいることを考えた。

そして、

(明日にも高麗神社に参詣にゆこう)

と、思った。……中略……

郵便局、役場、何々配給所と、高麗の名を冠せた看板が幾つか眼についた。

火の見のあたりから左に曲って暫く行ったところで高麗川に差しかかった。

途々、国民学校の児童や、新婚らしい若夫婦や、婦人団や、隣組の人々など、参詣帰りの人に行き会う度に、この神域の意義がも一つ新しくなるのを感じた。

橋を渡ると参道になった。鳥居をくぐると、参詣者の記念樹が眼についた。

と、拝殿に近くずっと奥に、尊い方々の御参詣記念の御植樹があった。

ふと岩本の言葉を思い出した。

私は感動深くなって、帽子をとり、恭しく頭を下げた。

岩本の心に翻然（ほんぜん）と悟りを与えたと同じ感激に私も浸った。そしてここへ参詣する全ての人にも同じ感動を与えるであろうことを考えた。

そのむかし、皇恩を慕って遥々（はるばる）海を渡って来た韓人（からびと）らが、この武蔵野ばかりでなく、全国津々浦々で、このように栄えていること、そして、この高麗神社の分霊が白髭（しらひげ）明神の名のもとに全国数十社に奉祀（ほうし）されているが、他の三韓関係の神社を合すれば百社を越えるであろうことを考えた。

私は手を洗い、口を滌（すす）いで、神前に立った。

深く首を垂れて、岩本がも一層優れた兵隊になるようにと祈願した。そして、更に全部の朝鮮同胞が一日も早く皇民化を完成するように祈るのであった」

編集部付記　本論の引用文には、「ヨボ」「不逞鮮人」など、今日において差別的な語句、表現がつかわれています。本稿は引用をとおして文学者が描いた戦争の姿と戦争がひき起こした社会の状況を、現在の読者に伝えることを目的にしていますので、ご理解くださるようお願いいたします。

コロナの時代を生きるには

はじまり

「その前」は、どうだったのだろう。いま、思い出そうとしても、はっきりとは思い出すことができない。いつも、そうだ。

なにか、が起こる。そして、その後、その「なにか」の前はどんなふうに考え、どんなふうに暮らしていたのか、と思うけれど、よく覚えてはいない。いや、記憶はたくさんある。どんなことをしていたのか、どんなことを考えていたのか、どんな出来事があったのか。それら、ひとつひとつの、数えきれないほどの多くの事柄が、ぼくの前で起こり、その度に、一つずつ対応してゆきながら、ぼくは生きている。

しかし、ときに、特別な、ある「なにか」が起こる。それが、個人にとって起こることもある。もっとたくさん、複数の人たちにとって起こることもある。それから、もっとずっと驚くほどたくさんの、世界中の、人びとにとって起こることがある。

その、特別な、ある「なにか」の特徴は、それが起こった後で、「その前」は、どうだったのだろう、と考えることだ。そして、「その前」のことは、どれも、霧の向こうの風景のように霞んで見えないのである。


「オランダでまた疫病(ペスト)がはやっているそうだと、近所の人たちとの世間話で聞いたのは、たしか一六六四年の九月初旬だったと思う。

また、というのも、ペストは一六六三年にもオランダで、とりわけアムステルダムとロッテルダムで猛威をふるったからだ。イタリアから持ちこまれたのだという人もいれば、レヴァントの船隊がトルコから持ち帰った商品が原因だという人もいた。クレタ島からだ、いやキプロスからだといいはる人もいた。

だが、肝心なのは、どこから来たかではなく、ペストがまたもやオランダに侵入したということなのだと、全員の意見が一致した。

当時はまだ、事件についての噂や詳細を伝える新聞はなかった。その後わたしが実際に目にした、話に尾ひれをつけておもしろおかしく報道する、ああいったたぐいのものは存在しなかったのだ。

したがって、そうしたニュースは、外国と手紙のやりとりをしている貿易商人などによって集められ、口伝えによって広がっていき、現在のようにあっというまに津々浦々に広まるというわけではなかった。

しかし政府は、どうやら正しい情報をつかんでいて、ペストの侵入を食いとめるための会議を何度も招集したようだが、いっさいは秘密にされていた。

そういうわけで、ペストは、われわれ民衆には無関係なのだという話に落ちつき、この噂はしだいに立ち消えになりはじめ、人々の脳裏から消えていった。みな、あれはたぶん事実ではなかったと思うようになっていた。

ところが一六六四年一一月末か一二月はじめに、ロンドンのロングエイカーだかドルアリーレインだかで、ふたりの男――ふたりともフランス人だったそうだ――がペストのために死亡したのだった。彼らが滞在していた家の者はなんとかそれを隠そうとしたが、近所の噂になってしまい、それが役人たちの耳に届いたのである」（『ロンドン・ペストの恐怖』D・デフォー著、栗本慎一郎訳・解説、小学館、一九九四年）

どの記事が最初だったのだろうか。少なくとも、最初のうち、記事は断片的で、数日の間をおいて書かれている。

「中国湖北省武漢市で原因不明のウイルス性肺炎の発症が相次いでいる。同市当局の12月31日の発表によると、これまでに27人の症例が確認され、うち7人が重体という。中国政府が専門チームを現地に派遣し、感染経路などを調べている。

同市によると、患者の多くは市内中心部の海鮮市場の店主らで、発熱や呼吸困難などの症状を訴えているという。対象の患者は隔離され、海鮮市場も消毒処理を進めているが、中国メディアによると、31日も多くの店が通常営業していたという。

中国のインターネット上では、2003年ごろに中国で流行した重症急性呼吸器症候群(SARS)との見方も広がっているが、共産党機関紙・人民日報のSNSサイトは『現在、原因は明確ではないが、仮にSARSだとしても、治療システムは確立しており、パニックに陥る必要はない』との現地医師の話を伝えている」(2019年12月31日・朝日新聞 以下朝日新聞の引用は主にデジタルから)

これが、いちばん初めの頃の新聞記事だ。もちろん、ぼくの記憶にはない。一週間後に、こんな記事が載った。

「中国中部の湖北省武漢市で原因不明のウィルス性肺炎患者が増えている。地元当局によると、これまでに59人の患者が確認され、うち7人が重症という。過去に中国で流行したSARS（重症急性呼吸器症候群）などの可能性は『排除された』としており、原因の特定を急いでいる。香港政府も7日、武漢を訪れた計30人に発熱や肺炎の症状が出たと発表した。

地元当局によると、最初に患者が見つかったのは昨年12月12日。市中心部にある海鮮市場『華南海鮮城』関係者の感染が目立つ。……中略……

厚生労働省によると、7日の時点で国内で同様の患者の報告はないという。だが、武漢には日本企業が進出し、日本との直行便もある。多くの人が行き来していることから、引き続き中国当局などを通じて情報収集するとしている」（2020年1月7日・朝日新聞）

「原因不明のウィルス」に「新型コロナウイルス」と名前がついたのは一月九日だ。

「中国中部の湖北省武漢市でウイルス性肺炎の患者が増えている問題で、病原体を調査している専門家グループが新型コロナウイルスを検出したことを明らかにした。9日、中国中央テレビのニュースサイトが伝えた。どの程度の症状を引き起こすかなど病原性の判定にはさらに数週間を要するといい、研究を進めるとしている。

過去に中国や韓国で感染が拡大した重症急性呼吸器症候群（SARS）や中東呼吸器症候群（MERS）もコロナウイルスの一種だが、今回は異なる種類のウイルスという。武漢市当局はこれまでに59人の患者を確認。死者はなく、ヒトからヒトへの感染も報告されていないと説明している。

感染の広がりを受けて、香港や台湾で武漢からの航空便や高速鉄道の乗客に対する検疫を強化。日本政府も武漢訪問者に注意を呼びかけている」（1月9日・朝日新聞）

翌十日に「新型コロナウイルス　15人から陽性反応」という記事、そして、十一日、初めての死者が出た。「武漢の肺炎、61歳が死亡　新型コロナウイルスで初」というタイトルだった。

「中国中部の湖北省武漢市で新型コロナウイルスによる肺炎患者が多数出ている問題で、同市当局は11日、61歳の男性患者が死亡したと発表した。新型コロナウイルスによる死者が出たのは初めて。当局は農産物を扱う市場での衛生管理を強化し、さらなる感染を防ぐとしている。

武漢市当局はこれまで、59人の患者を確認したとしていた。新たな発表によると、10日までにこれらの人たちの検査を終え、41人を新型コロナウイルスによる肺炎と診断。このうち死亡した男性は患者が多く出た海鮮市場の出入り業者だった。一方、当局は『1月3日以降、新たな症例は見つかっておらず、ヒトからヒトへの感染も確認されていない』と説明している。農産品を扱う青果市場などで衛生管理を強化するなど、対策を講じていることを強調した」（1月11日・朝日新聞）

この記事は翌十二日にも掲載され、「『感染広がる可能性、低い』専門家」の記事が付け加えられた。「国立国際医療研究センター・国際感染症対策室医長の忽那（くつな）賢志医師」は記者の質問にこう答えている。

「――今後、ヒトからヒトに感染する可能性は。

インフルエンザウイルスは、ヒトからヒトに感染するよう変異する危険が知られているが、コロナウイルスがインフルエンザウイルスほど変異しやすいという議論は聞かない。過度に心配する必要はないだろう。

――今後、感染が拡大する可能性は。

今回の死者は61歳とやや高齢で、持病もあったと聞いている。今回は重症例が少なく、新たな患者が1週間以上見つかっていないことから、これ以上広がる可能性は低いと思う」（1月12日・朝日新聞）

最初の患者が発見されておよそ一カ月たって最初の死者が出た。その日の新聞を、いま読みながら、こんな記事があったことを少しも覚えていないことに驚く。無理もないだろう。なぜなら、「専門家」ですら、ほとんど心配していなかったのだから。

いま、その頃の記事を読むと、ぼくは初めて知ることのように「新鮮」に感じる。そして、どうして、あの頃、なんの疑いも心配も不安もなく、あの予兆のような記事を無視し、読みとばしていたのだろう、と思う。

ぼくたちは（正確にいうなら、ぼくたちの「脳」は、というべきだろうか）、毎日、すさまじい量の情報を目にして、実は、その大半を忘れている。必要のないものを捨て、必要だ、と判断したものだけを記憶して、ぼくたちは生きている。

いつも、そうだった。

「それ」が、やがて、どうなるのか、ぼくたちは知らない。あらゆるものに、危機の前兆を感じとることはできないのだ。確かに、それらの中には、大きな災禍に成長するものもあるだろう。しかし、「それ」が、ぼくたちに直接襲いかからない限り、その可能性が感じられない限り、ぼくたちは、たちまち忘れてゆく。確かに、どこかで読んだことがあったのかもしれない。もしかしたら、その記事を読んだ瞬間には「大丈夫かな？」と思ったことさえあったのかもしれない。実は、そういう経験は無数にある。けれど、「それ」は、覚えてゆく必要のないものに分類され、消えてゆくのである。

「広がる可能性は低い」「過度に心配する必要はない」と判断した、この「疫病の専門家」もまた、「感染症の歴史」という、膨大な情報の流れの中で、「これは必要のないもの」だと判断したのかもしれない。


やがて、記事のトーンは少しずつ変わってゆく。

一月十六日が「ヒトヒト感染『排除できず』 新型コロナウイルスで武漢当局」。同じ日に「武漢の肺炎、国内初確認 渡航中に患者と生活か 神奈川30代男性」。翌十七日に「新型肺炎また死者 中国・武漢、69歳男性」。

この日から、「ウイルス」記事は一日に複数になった。

二十一日に「ヒトからヒトへ、新型肺炎が感染 中国明言」。同日、「新型肺炎、大都市に拡大 習氏、抑え込み指示」、同日、「新型肺炎、中国の死者4人に」、「新型肺炎に注意呼びかけ 県や静岡空港 『症状あれば受診を』／静岡県」（東京朝刊、静岡全県）。

翌二十二日に「新型肺炎 『最大級の防疫対策』 ヒトからヒトへ感染 中国政府、法定伝染病に指定」、同日、「新型肺炎、『中国人お断り』貼り紙 箱根の駄菓子店、掲示に批判も」、同日、「首相動静」に「午前9時38分、官邸。47分、新型コロナウイルスに関連した感染症対策に関する関係閣僚会議」がおよそ十三分開催された。同日、「新型肺炎死者9人に　米でも感染者」、翌二十三日「新型肺炎、水際で警戒　春節目前、国内空港の検疫強化」、同日、「新型肺炎『拡大心配』　マスク品薄／交流行事延期」、同日、「〔東証1部〕日経平均株価は反発し、2万4000円台を回復して引けた。新型コロナウイルスによる肺炎への過度な不安が一服し、買い注文が優勢となった」、同日、「武漢市外への移動制限　鉄道・航空、路線閉鎖　新型肺炎」。

ぼくがはっきりと覚えているのは、このときだった。ひとつの巨大都市が「閉じられた」とわかったとき、不思議な気がした。この先に、「なにか」が待っているという予感が、ぼくにも初めて生まれたのだ。

少なく見積もって二千五百万人以上の死者、一説では一億人以上の死者を出したとされる史上最大のパンデミック（疫病・感染症の世界的大流行）、「スペイン風邪」の歴史を追った傑作ドキュメント『史上最悪のインフルエンザ（新装版）』（アルフレッド・W・クロスビー著、西村秀一訳・解説、みすず書房、二〇〇九年）は、こんなふうに始まっている。

「20世紀初頭のアメリカを代表する医師であり、病理学者であり科学者であった、ウイリアム・ヘンリー・ウェルチというたぐいまれなる人物がいた。全米医師会や全米医師連盟の会長を務め、さらにはあらゆる領域の科学者の尊敬を集めて、全米科学推進協会、そして米国科学アカデミーの理事長やロックフェラー研究所の理事長を歴任し、長年にわたって米国科学界の長老として君臨した人物であり、その名声はベンジャミン・フランクリン以来とまで言われたほどだった。

そのウェルチ博士が、数ある重要な案件もさておき、時の大統領ウィルソンの『すべての戦争という戦争をこの世から永遠になくすための戦いに加わろう』との国民への呼びかけに応え、ジョンズ・ホプキンス大学での職を離れ、軍籍に入った」

なぜ、ウェルチ先生のような偉大な学者が軍籍に入ったのだろうか。

当時のアメリカでは、なぜかあらゆるところに「軍のキャンプ」があって、若者たちがそこで「塹壕戦」のやり方を学んでいた。しかし、そのキャンプの衛生状態ははなはだしく悪かった。そして、（過去のアメリカにとって）実際の戦争では、戦闘よりも病気で命を落とすことの方が多かった（その後、第二次世界大戦での日本が典型的にそうであるように）。なので、「当代随一の病理学者」を、その問題の最前線に派遣して、解決のみちすじを見つけようとしたのである。その結果、「当時の合衆国陸軍兵士の健康状態はどんな医者も太鼓判を押すだろうほどに良好だったうえ、その良好な状態を保つための作業指針も模範的なものができていたため、ウェルチは1918年の夏の終わりまでには軍服を脱ぎ、市民生活に戻ることになっていた」

だが、ついに「それ」が始まったのだ。

「そのすばらしい状況を脅かそうとする見知らぬ何かが現れ始めていた。まず、マサチューセッツ州にあるキャンプ・デーヴンスに出現し、次にニューヨーク州のキャンプ・アプトン、そしてヴァージニア州にあったキャンプ・リーにも現れていた。陸軍軍医総監局は、そこから送られてきたぞっとするような電報について事実関係を把握しようと、ウェルチ大佐をキャンプ・デーヴンスに送りこんだ。それは、人々の間で『スパニッシュ・インフルエンザ』の名で呼ばれているものであった……中略……キャンプ・デーヴンスは、ボストンの西、約30マイルに位置し、草地と森に囲まれた水はけのよい台地にあったが、ひとつだけ軍隊につきものの伝染病の温床となる素地があった。『過密』である。4万5000人いた兵士のうち、5000人がテントで寝起きし、ほかは定員3万5000人の兵舎に詰めこまれていた」

ヨーロッパで第一次世界大戦が激化し、連合軍に加わっていたアメリカは大量の兵士をヨーロッパに送っていたのだ。その兵士たちのただなかで「それ」が破裂したのである。

「ウェルチがワシントンD.C.に戻っていた9月27日、米軍がアルゴンヌの森でドイツ軍前線に突入を開始したというニュースが飛びこんできた。キャンプ・デーヴンスでは10月の終わりまでに、訓練中の兵士の3分の1にあたる1万7000人以上がインフルエンザあるいは肺炎に罹患し、そのうち787名が帰らぬ人となっていた——アルゴンヌの泥も栄光も知らずに。ウェルチはまだ知る由もなかったが、ちょうど同じころ、アルゴンヌの地でも米軍兵士がインフルエンザで次々と亡くなっていた。……中略……

インフルエンザによって死亡した米軍兵士の数は、この戦争で戦闘によって失なわれた兵士の数とほぼ同じであり、同じくインフルエンザの流行で亡くなったアメリカ市民の数はその10倍以上になる。さらに、このインフルエンザによって世界中で亡くなった人の数は、この大戦中の4年間にすべての前線で戦闘行為によって死亡した人数を合わせた数のほぼ2倍にあたる」

「戦争」と「スペイン風邪」が世界をおおった。いや、「スペイン風邪」と「戦争」は一体となって世界を襲ったのである。それは一九一八年の夏から秋にかけての頃だった。

そして、「同じころ」、別の疫病が、ヨーロッパの町に襲いかかろうとしていた。

「四月十六日の朝、医師ベルナール・リウーは、診療室から出かけようとして、階段口のまんなかで一匹の死んだ鼠につまずいた。咄嗟(とっさ)に、気にもとめず押しのけて、階段を降りた。しかし、通りまで出て、その鼠がふだんいそうもない場所にいたという考えがふと浮び、引っ返して門番に注意した。ミッシェル老人の反発にぶつかって、自分の発見に異様なもののあることが一層はっきり感じられた。この死んだ鼠の存在は、彼にはただ奇妙に思われただけであるが、それが門番にとっては、まさに醜聞となるものであった。もっとも、門番の論旨ははっきりしたものであった――この建物には鼠はいないのである。医師が、二階の階段口に一匹、しかも多分死んだやつらしいのがいたといくら断言しても、ミッシェル氏の確信はびくともしなかった。この建物には鼠はいない。だからそいつは外からもってきたものに違いない。要するに、いたずらなのだ」

これは、アルベール・カミュの傑作小説『ペスト』(宮崎嶺雄訳、新潮文庫、一九六九年)の冒頭近く、最初に「鼠」が発見されるシーンだ。

不思議な現象に、リウーはいっしゅんとまどい、次にいやな予感に襲われる。優れた医師だけが、繊細に感じとることができる能力を持っているのである。

鼠の死体が街のあちこちに、続々現れ、市民の間に不安が広まってゆく。だが、あるとき、鼠の死体の数がとるにたりないものになる。「危機」は去ったのだ。それとときを同じくして、ある出来事がリウーにふりかかる。いちばん最初に鼠を見つけたとき、文句をいった門番が病の床についたのである。

「夕刊の呼び売りは鼠の襲来が停止したと報じていた。しかし、リウーが行ってみると、病人は半ば寝台の外に乗り出して、片手を腹に、もう一方の手を首のまわりに当て、ひどくしゃくり上げながら、薔薇色がかった液汁を汚物溜めのなかに吐いていた。しばらく苦しみ続けたあげく、あえぎあえぎ、門番はまた床についた。熱は三十九度五分で、頸部のリンパ腺と四肢が腫脹し、脇腹に黒っぽい斑点が二つ広がりかけていた。彼は今では内部の痛みを訴えていた。

『焼けつくようだ』と、彼はいっていた。『こんちくしょう、ひどく痛みゃがって』

そして、この翌日に、門番は死ぬのである。そして、また市内の別の箇所で、誰かがひっそりと亡くなり、「熱病のせいだ」と噂された。同時に、人びとの口に、なんともいえぬことばが広がりはじめる。

「しかし、もちろん、これは伝染性のものじゃありません」

あちこちで人が死んだ。あちこちの医師がその様子を記憶に留めた。その報告が医師会に入りはじめた。当然のことだが、死者の数を合計してみることにした。結果は驚くべきものだった。そして、リウーのような優れた医師にとっては明白なように思えた。ある老医師がリウーを訪ねた。確認するために、だ。まだ「それ」の名前を、誰もいおうとはしなかったからでもある。

「『君はこれがなんだか知ってるだろう、リウー君』

『僕は分析の結果を待ってるんです』

『僕は知ってるんだよ、それを。だから、分析なんぞ必要としない。僕は生涯の一部をシナで過したし、パリでいくつかの症例も見た、二十年ばかり前にね。しかし、ただ、世間はそいつに病名をつける勇気がなかったのさ、即座にはね。世論というやつは、神聖なんだ——冷静を失うな、何よりもまず冷静を失うな、さ』」

そう、問い詰められて、リウーはついに、「それ」の名前を明かす。

「『そうです、カステルさん』と、彼はいった。『まったく、ほとんど信じられないことです。しかし、どうもこれはペストのようですね』

カステルは立ち上って、戸口の方へ足を向けた。

『ご承知だろうな、それに対してどういわれるか』と、老医はいった。『……「それは気候の温和な国々からはもう何年も昔に消滅してしまった」……』」

そして、この瞬間、カミュは初めて、この『ペスト』という物語が、「なに」について書かれ、「なに」を明かそうとしているのかを告げるのである。

「『ペスト』という言葉は、いま初めて発せられた。物語のここのところで、ベルナール・リウーを彼の部屋の窓際に残したまま、筆者はこの医師のたゆたいと驚きとを釈明することを許していただけると思う。というのが、さまざまのニュアンスはあるにせよ、彼の示した反応は、すなわちわが市民の大部分の示したそれであったのである。天災というものは、事実、ざらにあることであるが、しかし、そいつがこっちの頭上に降りかかってきたときは、容易に天災とは信じられない。この世には、戦争と同じくらいの数のペストがあった。しかも、ペストや戦争がやってきたとき、人々はいつも同じくらい無用意な状態にあった。……中略……戦争が勃発すると、人々はいう――『こいつは長くは続かないだろう、あまりにもばかげたことだから』。そしていかにも、戦争というものは確かにあまりにもばかげたことであるが、しかしそのことは、そいつが長続きする妨げにはならない。愚行は常にしつこく続けられるものであり、人々もしょっちゅう自分のことばかり考えてさえいなければ、そのことに気がつくはずである。わが市民諸君は、この点、世間一般と同様であり、みんな自分のことばかりを考えていたわけで、別のいいかたをすれば、彼らは人間中心主義者（ヒューマニスト）であった。つまり、天災などというものを信じなかったのである。……中略……ペストという、未来も、移動も、議論も封じてしまうものなど、どうして考えられたであろうか。彼らは自ら自由であると信じていたし、しかも、天災というものがあるかぎり、何びとも決して自由ではありえないのである」

「それ」の本質が、なにより、ぼくたちから「自由」を奪うものであることを、カミュは、この作品の冒頭で明かすのである。

『ペスト』は、そもそもが、「ペスト」をテーマにして書かれたものではなかった。カミュは、この作品を書き終える前に終わったばかりだった巨大な戦争、第二次世界大戦、あるいは、もっと卑近な、フランスの戦争を描くために、それを象徴するものとして「ペスト」を選んだといわれている。そのために、カミュは、「ペスト」や「疫病」の研究をすることになった。

「戦争」と「疫病」を貫くもの、それが、カミュがこの小説で明らかにしようとしたものだったのだ。つまり、「それ」とはなにかを、である。

「コロナの時代」について考えるためには

さて、ここまで来て、いくつかのことを説明しておきたいと思う。今回、この文章を書いている理由、なぜ、このような書き方になったのか、それから、この文章が、どこに向かうのか、などについてだ。

「新型コロナウイルス」の流行が始まって、ぼくもまた、家の中にいることを余儀なくされた。多くの人たちと同じように、暮らし方を変えざるをえなかったのだ。もちろん、作家であるぼくは、ふだんから、たいていの人たちよりはずっと多く、家の中で過ごし、もっぱら本を読み、原稿と呼ぶものを書く仕事をしていたのではあるけれど。

そして、まずは、「新型コロナ」というものを、さらには、「ウイルス」というものを、さらには、「疫病」や「感染症」について書かれたたくさんの本を読んですごした。

一つには、純粋な好奇心のためだった。いったい、ぼくたちを襲っている「それ」は、どんなものであるのか、知りたかったのだ。

ところで、ぼくは、いま「新型コロナウイルス」と「それ」ということばを使った。この、ふたつのことばのちがいはなにだろうか。

「新型コロナウイルス」についての説明はそんなにいらないだろう。ぼくたちは、毎日、このことばをシャワーのように浴びせられているからだ。だからといって、このことばについて、どれだけ知っているだろうか。専門家でさえ、このことばに含まれているものの意味をうまく説明できてはいないのだ。そして、それだけではなく、このことばから発する、いくつもの別のことばの群（「ロックダウン」「スプレッダー」「医療崩壊」「BCG仮説」「自粛警察」「WHO」「実効再生産数」「自然免疫」「三密」等々、いったい、どれほどのたくさんの新しいことばを覚えただろう）が次々に生まれ、ぼくたちに向かって放たれる。ひとつのことばを覚え、（ある程度だが）理解したと感じた瞬間に、次のことばがやってくる。理解が追いつかないうちに、である。

これらのことばの意味を、ぼくたちはきちんと理解できているだろうか。いや、理解できたとして、そのことにどれほどの意味があるのだろうか。

　これらの「新型コロナウイルス」に直接関係のあることばたちの周りに、また、別のたくさんのことばや、新しい概念の塊ができる。それは、経済では「給付金」であり、「マスクの転売」であり、また、教育では「オンライン授業」であり、職場では「リモートワーク」であったりする。新しい概念たちが来て、「新しい生活様式」ということばも生まれ、実際に、ぼくたちは、かつてしたことがなかった生活に追いこまれ、また、急速に慣れてゆく。そして、これからどうなっていくのか、不安な表情になって、消化するだけで精一杯の日々を、ぼくたちは過ごしている。

「ことば」には、もちろんいいところがある。たくさん。その一方で悪いところもある。それは、ただ「浴びている」だけなのに、それを知ってしまったかのように感じてしまうところだ。あるいは、よく知ってもいないのに、「もう飽きた」と思ってしまうことだ。その結果、ほんとうは知っていないのに、そのまま通過してしまいそうになる。その方が楽だからだ。考えることは、とても難しい。もっと難しいのは、考えつづけることだ。

　少し、足を止めて考えたい。そう、ぼくは思った。いまいる場所がどこなのか。いま、ぼくたちが「どこ」にいるのかを。

だから、「新型コロナウイルス」ではなく、「それ」ということばを使うことにした。「新型コロナウイルス」は新しい。史上初めての経験を、ぼくたちはしている。けれども、「それ」は繰り返しやって来たのだ。その記録はたくさん残っている。

「それ」は、どんなふうにやって来て、なにをするのか。「それ」に対面した人たちは、なにを考え、どう行動したのか。そして、どんな記録を、後からやって来る人たちに残そうとしたのか。そのことを考えたいと思った。その必要があるように、ぼくには思えたからだ。

「新型コロナウイルス」もまた、「それ」の一部、「それ」のひとつの形、あり方にすぎない。逆にいうなら、「それ」を理解することで、ぼくたちは、「新型コロナウイルス」という事象、その名称がついたものの新しさ、その名前の存在の独自さを、もっときちんと理解することができるだろう。

いずれにせよ、ぼくたちは、もう、「それ」のただ中にいる。かつて、「彼ら」がそうであったように。

はじまり・2

若いパオロ・ジョルダーノの『コロナの時代の僕ら』(飯田亮介訳、早川書房、二〇二〇年四月刊)は、今回の「新型コロナウイルス」の流行に関して、知る限り、もっとも早く、反応して書かれたものだ。

ぼくは、なによりも、その「早さ」、もしくは「速さ」に感銘を受けた。あることが起こったとき、ぼくたちは、なにかをするか、なにかを考える。

考えることに関していうなら、「深く」考えるか、「速く」もしくは「早く」考えるか、のどちらかだ。

ジョルダーノの思考の本質は「速さ」にある。だからこそ、「それ」の「はじまり」の瞬間をみごとに摑(つか)んだ。ジョルダーノの直感が摑んだ、「それ」の、一瞬、一瞬のかたちは、やがて、ひとつの結論へと彼を導いてゆく。だが、その話はあとだ。

「それ」に関するエッセイの一つ目は「地に足を着けたままで」とタイトルをつけられて、こんなふうに始まっている。

「今、コロナウイルスの流行が、僕らの時代最大の公衆衛生上の緊急事態となりつつある。この手の危機は初めてではない。これが最後ということもなければ、もっとも恐ろしい危機となることもないかもしれない。きっと、いったん終息すれば、過去に流行した多くの感染症を犠牲者の数で上回ることもないだろう。だが、今度の感染症はその登場から三ヵ月ですでにひとつの記録を樹立している。

新型コロナウイルスことSARS－CoV－2は、こんなにも短期間で世界的流行を果たした最初の新型ウイルスなのだ。ほかのよく似たウイルスは、たとえば前回のSARS－CoV、いわゆるSARSウイルスもそうだが、発生しても短期間のうちに鎮圧された。さらにHIVをはじめとするほかのウイルスは、何年もかけてひっそりと悪だくみを練り上げてから、ようやく流行を始めた。

ところがSARS－CoV－2のやり方はもっと大胆だった。そしてその無遠慮な性格ゆえに、僕らが以前から知識としては知っていながら、その規模を実感できずにいた、ひとつの現実をはっきりとこちらに見せつけている。すなわち、僕たちのひとりひとりを——たとえどこにいようとも——互いに結びつける層（レイヤー）が今やどれだけたくさんあり、僕たちが生きるこの世界がいかに複雑であり、社会に政治、経済はもちろん、個人間の関係と心理にいたるまで、世界を構成する各要素の論理がいずれもいかに複雑であるかという現実だ」

ジョルダーノは、落ち着いて、自分自身の「はじまり」について書いている。これは、世界のあり方についていつも思いを巡らしている人間が、「それ」の到来について、どのように考えたかの記録だ。もしかしたら、このジョルダーノの本も、「それ」について書かれてきた、たくさんの優れた本たちのリストに加わるかもしれない。そのように、ぼくには思えた。

また、読みながら、ぼくは、ジョルダーノの経験が、今回の「それ」についての、ある平均値を示しているように思えた。ジョルダーノの経験の多くは、ぼくたちの知っているものだからだ。また、ジョルダーノの所属する国イタリアの経験は、ぼくたちの国よりも苛酷ではあるけれど、本質的なところでは変わらないようにも思えるからだ。また、ジョルダーノの経験は平均値でありながら（その意味は、公衆衛生に関するなんらかの専門家でもなく、また、特別な情報を知りうる立場にあるわけでもない、一般の市民である、ということだ)、同時に、それ以上のものであるように感じられた。ジョルダーノの記述の中には、数学的叙述が登場している。それは、かれが単に優れた作家であるだけではなく、物理学を専攻し、深い科学的知識や思考を身につけていたからだ。優れた科学的知見を持つ、ことばの専門家でもある、ふつうの市民。それがジョルダーノの書く、「それ」に関する記録を特別なものにしている。

それにしても、なぜ「地に足を着けたままで」なのだろうか。

わかりきったことだ。ぼくたちは、なにかが起こると、とりわけ、見知らぬなにかが起こると、「浮足立つ」。それがなになのか知ろうとして、背を伸ばして眺める。不安のあまり、「それ」にことばを与えて、安心しようとする。そのとき、つい、そこらにあることば、みんなが使っていることば、「知識」として知っていることば、を使おうとする。それではダメだ。「地に足を着けた」ことばを使わなければ、ほんとうにはわからないのだから。

では、「地に足を着けた」ことばとはなんだろうか。それを、ジョルダーノは、ぼくたちに紹介してくれるのである。

「この文章を僕が書いている今日は、珍しい二月二九日、うるう年の二〇二〇年の土曜日だ。世界で確認された感染者数は八万五千人を超え、中国だけで八万人近く、死者は三千人に迫っている。少なくとも一ヵ月前から、この奇妙なカウントが僕の日々の道連れとなっている。

現に今も、ジョンズ・ホプキンス大学がウェブで公開している世界の感染状況を集計した地図を目の前の画面に開きっぱなしにしてある。地図上で感染地域は灰色の背景に鮮やかな赤丸で示されている。警告色だ」

この部分を読んだとき、ぼくはつい微笑んでしまった。なぜなら、ぼくも、ジョルダーノと同じことをしていたからだ。ぼくは「新型コロナウイルス・パンデミック・カウンター」をブックマークして、夜になると、それを開いた。すると、パソコンの画面に、世界地図と二百近い国旗と、夥しい数字が現れ、刻々と変わっていった。これは、いままで「それ」に出会った人たちの知らないやり方で、なにが起きているかを、ぼくたちに教えてくれるものだった。ジョルダーノの目の前で八万五千を超えていた感染者数は、それから三ヵ月もたってはいないのに、五百万を超えた。暗い部屋の中で、感染者と死者の数が増えてゆくその画面からは、厳かなBGMが流れている。そのことにだけは、ぼくは、どうしても慣れることができない。

「僕のこの先しばらくの予定は感染拡大抑止策のためにキャンセルされるか、こちらから延期してもらった。そして気づけば、予定外の空白の中にいた。多くの人々が同じような今を共有しているはずだ。僕たちは日常の中断されたひと時を過ごしている。……中略……
僕はこの空白の時間を使って文章を書くことにした。予兆を見守り、今回のすべてを考えるための理想的な方法を見つけるために。時に執筆作業は重りとなって、僕らが地に足を着けたままでいられるよう、助けてくれるものだ。でも別の動機もある。この感染症がこちらに対して、僕ら人類の何を明らかにしつつあるのか、それを絶対に見逃したくないのだ。いったん恐怖が過ぎれば、揮発性の意識などみんなあっという間に消えてしまうだろう。病気がらみの騒ぎはいつもそうだ」

「それ」が到来して以来、世界中の人びとの「日常」のあり方が変わった。かつての「日常」は失われた。そして、新しい「日常」に慣れようとしている。心の底では、はやく、かつての「日常」に戻るよう祈りながら。

だが、それでいいのだろうか。

絵本作家の五味太郎さんは、「コロナ」について、コロナのせいでおとなが不安定で、子どもも居心地が悪いのではないかと質問をされると、インタビューに「はい、一緒に考えましょう。それで、まず聞くけど、逆にその前は安定してた？ コロナ禍じゃなかったときは、居心地がよかった？」と逆に質問し、思わず絶句するインタビュアーに、さらに、挑発的に、こういった。


「むしろおれ、ガキたちにはこれがチャンスだぞって言いたいな。心も日常生活も、乱れるがゆえのチャンス。……中略……だって、仕事も学校も、ある意味でいま枠組みが崩壊しているから、ふだんの何がつまんなかったのか、本当は何がしたいのか、ニュートラルに問いやすいときじゃない。実はコロナ禍がないときこそチャンスに満ち満ちているんだけど。今は、幸か不幸か、時間が余っているんだから。

こういう時っていつも『早く元に戻ればいい』って言われがちだけど、じゃあ戻ったその当時って本当に充実してたの？ 本当にコロナ前に戻りたい？と問うてみたい。戻すってことは、子どもに失礼な形の学校や社会に戻すってことだから」

五味さんも、ジョルダーノのように考える。立ち止まり、突然できた空白の時間を使って、世界を見まわす。当たり前だった風景が止まっている。止まってしまうと、動いていたときには気づかなかったことに気づく。いや、いったん歩みを止めてしまい、それまで見る時間がなかった、まわりの光景をあらためて見ること、それこそが「考える」ということなのだ。そこで初めて「地に足が着いた」ことばが生まれるのである。

「読者のみなさんがこの文章を読むころには、状況はきっと変わっているだろう。どの数字も増減し、感染症はさらに蔓延して世界の文明圏の隅々(すみずみ)にいたるか、あるいは鎮圧されているかもしれない。だが、それは重要ではない。今回の新型ウイルス流行を背景に生まれるある種の考察は、そのころになってもまだ有効だろうから。なぜなら今起こっていることは偶発事故でもなければ、単なる災いでもないからだ。それにこれは少しも新しいことじゃない。過去にもあったし、これからも起きるだろうことなのだ」

「二月二四日、確認済みの国内感染者数は二三一人だった。翌日は三二二人に増え、翌々日も四七〇人まで増えた。あとは六五五人、八八八人、一一二八人と増えていき、今日、雨の三月一日は一六九四人となっている。状況は望ましくない。僕らが期待していたものとも違う」

「昨日、夕食に招かれて友人の家に行った。これが最後だ、僕はそう自分に言い聞かせた。感染者数が二千人を超えたら、自主的に隔離生活を始めるつもりでいるからだ。友人の家に入った時、僕は誰の頬にも挨拶のキスをしなかった。みんなには少し気を悪くされたが、それ以上に戸惑わせてしまったようだ。僕はきっと、今度のウイルスの流行にとらわれすぎなのだろう。たしかに僕には心気症の気(け)があり、ふた晩に一度は妻に頼んで、額に触れ、熱がありやしないか確かめてもらうほどだが、それが原因ではない。僕は病気になるのは別に怖くない。じゃあ何が怖いかって？　流行がもたらしうる変化のすべてが怖い。見慣れたこの社会を支える骨組みが実は、吹けば飛んでしまいそうに頼りない、トランプでできた城にすぎなかったと気づかされるのが怖い。そんな風に全部リセットされるのも怖いが、その逆も怖い。恐怖がただ過ぎ去り、なんの変化もあとに残さないのも、怖い。

夕食の席ではみんな口々に、『一週間も過ぎたころにはすっかり解決してるよ』『そう、大丈夫、あと何日かすればきっと元の生活に戻れる』そんなことばかり言っていた。そうしたなかで僕は女性の友人に、どうしてずっと黙っているのかと尋ねられたが、肩をすくめて答えなかった。心配性の口うるさい人間だと思われたくなかったのだ。下手をすると、縁起が悪い男だと敬遠されるおそれだってある」

「ミラノでは大学を含めたすべての学校に美術館、劇場、スポーツジムが閉鎖された。僕の携帯にはひと気のない中心街の写真が続々と届いている。三月二日の夏休み、といった雰囲気だ。ここローマではまだ日常の空気が流れているが、条件付きの日常だ。どこに行っても、何かが変わりつつあるのはわかる。

新型ウイルスの流行は僕らの人間関係にすでにダメージを与えており、多くの孤独をもたらしている。集中治療室に収容され、一枚のガラス越しに他者と会話をする患者の孤独もそうだが、もっと一般的に広まっている別の孤独もある。たとえばマスクの下で固く閉ざされた口の孤独、猜疑(さいぎ)に満ちた視線の孤独、ずっと家にいなければならない孤独がそうだ。感染症の流行時、僕らは自由でありながらも、誰もが自宅軟禁の刑に処された受刑者なのだ」

「今日は三月四日。政府が先ほどイタリア全土の学校閉鎖を発表したばかりだが、僕はそのことで、もうふたりと喧嘩した。……中略……

最初からそうだった。新型ウイルスが人々を次々に病院送りにしていると主張する者もあれば、ただの風邪程度の話なのに大げさだと主張する者もある。普段よりも少し頻繁に手を洗うようにすればそれで問題ないという者もあれば、全国で今すぐ外出禁止令を敷くべきだと主張する者もある（この五日後の三月九日、それまで北部の数州が対象だった外出禁止令がイタリア全土に拡大された）。人々は口々に言う。『専門家が言ってた』『専門家によると』『でも専門家の考えはこうだ』

『科学における聖なるものは真理である』（『シモーヌ・ヴェイユ選集Ⅲ』冨原眞弓訳、みすず書房）哲学者のシモーヌ・ヴェイユはかつてそう書いた。しかし、複数の科学者が同じデータを分析し、同じモデルを共有し、正反対の結論に達する時、そのどれが真理だと言うのだろう」

日付を見れば、それから一月か二月たって、ぼくたちの国でも、滑稽なほど同じ風景が繰り返されていたのがわかる。けれども、ぼくたちは、その間、なにを考えていただろうか。

ここで、ジョルダーノは「孤独」を発見している。「夕食会」のとき、「孤独」なのは、ジョルダーノひとりだった。彼が「孤独」だったのは、「それ」について、他の誰よりもよく知っているからだった。その場所で、彼だけが、「それ」について考えていて、他の人びとは、「それ」についてまだなにも考えないか、あるいは、(まだ「日常」の中にいると思いこんでいる)みんなと同じように考えていた。だから、そんな人びとの中で、彼は「孤独」だった。

わずか数日で、「それ」が全土をおおい始めて、人びとは「日常」から切り離される。ひとりひとりが、他の人びとから、マスクによって、ソーシャル・ディスタンスによって、家に閉じこもることによって、切り離される。あるいは、「知識」を占有しているように見える「専門家」から切り離される。そして、突然、人びとは、自分たちが「孤独」であることを知るのである。

同じように「孤独」に苛まれながら、ジョルダーノは、「前」へ進む。なぜなら、いまや、ぼくたちにできるのは「考える」ことだけなのかもしれないのだから。

　そして、ジョルダーノは、こんなことを考えるようになる。


「ウイルスは、細菌に菌類、原生動物と並び、環境破壊が生んだ多くの難民の一部だ。自己中心的な世界観を少しでも脇に置くことができれば、新しい微生物が人間を探すのではなく、僕らのほうが彼らを巣から引っ張り出しているのがわかるはずだ。

　増え続ける食糧需要が、手を出さずにおけばよかった動物を食べる方向に無数の人々を導く。たとえば、アフリカ東部では、絶滅が危惧される野生動物の肉の消費量が増えており、そのなかにはコウモリもいる。同地域のコウモリは不運なことにエボラウイルスの貯蔵タンクでもある。

　コウモリとゴリラ――エボラはゴリラから簡単に人間へ伝染する――の接触は、木になる果実の過剰な豊作が原因とみなされている。豊作の原因は、ますます頻繁になっている豪雨と干ばつの激しく交互する異常気象で、異常気象の原因は温暖化による気象変動で、さらにその原因は……。

　頭がくらくらする話だ。原因と結果の致命的連鎖。しかし、ほかにいくらでもあるこの手の連鎖は、以前に増して多くのひとが考えるべき喫緊の課題となっている。なぜならそれらの連鎖の果てには、また新たな、今回のウイルスよりも恐ろしい感染症のパンデミックが待っているかもしれないからだ。そして連鎖のきっかけとなった遠因には必ずなんらかのかたちで人間がおり、僕らのあらゆる行動が関係しているからだ」

「文明」と「それ」

ぼくも、ジョルダーノと同じように、パソコンの画面に、ずっと、感染状況の変化を刻々と記してゆく「世界地図」を見つめていた。

ぼくたちが、「それ」の存在を直接感知することができる、数少ないひとつが、その「世界地図」だとしたら、とても不思議な気がする。

ウイルスは小さく、とても小さくて、ぼくたちは、直接、それを見つめることはできない。だから、ぼくたちは、「それ」を見るためには、電子顕微鏡のような大がかりな装置を必要としている。その電子顕微鏡写真の「それ」は奇妙な形をしていて、ぼくをとまどわせる。

電子顕微鏡と世界地図、大きさの次元がかけ離れたものでなければ、「それ」に触れることはできない。ぼくたちが、直感的に「知る」ことができるスケールからは、どちらも遠く離れている。

「それ」には細胞がなく、増殖するためには宿主の細胞に入りこみ、直接、DNAを増やしてゆく。その変化の様子、あるいは写真の中の堅く、丸い、鉱物のような姿は、ぼくたちが知っている「生きもの」とは異なった存在に見える。

目に見える、手にとって触れられるものは、それがどれほど奇妙な形のものであっても、それの恐ろしさは、ぼくたちに「近い」ことから来る恐ろしさだ。しかし、「それ」のおそろしさはちがう。それに、直接触れることはできない。

いや、そうではなかった。ぼくたちは、いまほど、その見えない「それ」に触れることを恐れていることはなかったのだ。

どうすれば、「それ」を、ほんとうに「知る」ことができるのだろうか。

おかしいかもしれないけれど、今回の「新型コロナウイルス」の世界的流行が始まり、ぼくたちの生活が一変してからずっと、そのことを考えてきた。

なにかを「知る」ということは、知識や情報を仕入れる、「××は〇〇である」と説明できる、ということではない。仮に、みんなが、そのように考えているにしても、ぼくには、そうではない。それだけでは、心の底から「わかった」ということはできない。

そのために、ぼくは、小さな部屋に閉じこもり、本を読み、それから、あるいは、世界地図や電子顕微鏡写真を見てきた。

そして、「それ」がわからないのは、あまりにも小さく、また同時に、あまりにも大きいからではないのだろうか。ぼくは、そう思うようになった。

「それ」を理解するために、世界地図が必要であったように、「それ」を理解するためには、歴史が必要だ。そして、歴史もまた、一瞥することはできない。歴史そのものを「見る」ことはできないからだ。

いま、ぼくは、これから、感染症と文明の関係を描いた素晴らしい本、『感染症と文明――共生への道』（山本太郎著、岩波新書、二〇一一年）を、自分のことばで書き直してみたいと思う。

もちろん、それは、この本がわかりにくいからではない。この本の「知識」を、ほんとうに自分のものにするために、である。そして、そのことによって、ぼくがなにをわかったのかを、あなたたちにわかってもらいたいためだ。「それ」は「感染症」であり、個々の疫病の名称であり、また、それと同じ役割を果たすなにか、である。そのことを強調するため、あえて、すべての表記を「それ」にしている。

……ずっと昔、農耕が始まって、社会のあり方は根本から変わってしまった。人口が増えたのである。一万一〇〇〇年前農耕が始まったとき、五〇〇〇万人だった人口は、紀元前後には三億人に達していた。そして「それ」が生まれた。農耕によって生み出された余剰食物がエサとなって増えたネズミによって「それ」が、野生動物の家畜化によってその動物に起源を持つ「それ」が、人間の社会に入りこんだ。「文明」が「それ」を招いたのだ。大きな変化が起こった。それまで「健康」であった人間の社会が初めて「病気」になった。社会が病んだのである。だが、驚くべきことに、現在もなお、農耕社会の開始と共に始まった「社会の病気」は続いているのである。人間は「パンドラの箱」を開け、「それ」が生まれたのだ。

……「それ」の最初の「ゆりかご」は、最古の文明たち、メソポタミア、中国、インドだった。文明は「それ」に感染し、とりこみ、免疫を与えられ、やがて、自らのレパートリーに加える。「それ」がある程度広がると、「それ」を持たない、文明の周辺で、文明の中心部を狙う人々に対する「壁」にもなるのである。「それ」との共生は、このときから始まっている。

……「それ」は次の段階に入る。文明と文明の間で「交換」されるのだ。キリスト紀元の始まる頃、世界には、四つの文明世界があり、それぞれに、固有の「それ」を持っていた。そして、「それ」は、文明と文明の間に交流が深まるにつれ、まるで商品のように、あるいは世界貨幣のように、もとの文明を離れて旅立っていった。そのもっとも有名な例が「絹の道」だ。「絹の道」を通って、「それ」は繰り返し、ヨーロッパや小アジアを襲った。「それ」はときに大流行し、また突然、数百年にわたって姿を消すこともあった。「それ」が再び姿を現すのは、いつも、新たな道が生まれ、そこを新たに、大量の人々が行き来し始めるときだった。十三世紀のモンゴル帝国による隊商交通網の発展、十五世紀に始まった大航海、そして二〇世紀の航空時代の到来である。

……「それ」の到来の、最大のものは、十四世紀・中世ヨーロッパを襲ったものだった。ヨーロッパの人口のおよそ三分の一から四分の一が失われたのである。

「それ」によって、ヨーロッパ社会は根もとから揺らぐことになった。あれほど堅固に思われた封建制身分制度は実質的に解体していった。「それ」の恐怖の後、激しいショックがときに、人を内省的にするように、ヨーロッパ全体が、なにごとも深く考えるようになったとする歴史家もいる。すべての条件は整い、中世が終わり、ヨーロッパにルネサンスが訪れる。中世は終わった。終わらせたのは「それ」だった。

……中世ヨーロッパを襲った「それ」は、その後も、繰り返し、ヨーロッパに襲来した。その最大のものは、十七世紀のロンドンを襲ったものだった。ロンドンのすべてが停止し、大学も休校になり、することもなく故郷に戻ったある青年は、その休暇のうちに、いくつもの偉大な発見をした。「微積分法」や「万有引力」の基礎概念である。その青年の名はアイザック・ニュートンといった。後に「創造的休暇」と呼ばれる、特別な時間は、近代を牽引する概念を産み出すことになったのである。これがイギリスにおける「それ」の流行の終焉であり、その終焉の後、やがてヨーロッパ近代が幕を開けることになるのである。そして、世界の一体化が始まってゆく。

……「それ」が「文明」を根もとから変えたのは、ヨーロッパだけではない。一五三二年十一月十六日、スペインのピサロは百六十八人の兵士を率い、インカ帝国の八万の部隊を破った。装備のちがいもその理由だったが、最大の理由は、インカはピサロ襲来の前に、ヨーロッパからやって来た「それ」に冒され、恐れおののいていたからだった。アステカもまた「それ」に滅ぼされた。

……「それ」の協力で、新世界を屈伏させていたヨーロッパの前に、異なった「それ」が立ちふさがったこともある。それは、アフリカ土着の「それ」だった。ヨーロッパは新世界を一方的に征服したが、アフリカでは「それ」が壁となって立ち向かってきた。植民地経営のために、「それ」を克服することは必須であった。その結果、帝国医療・植民地医学が発達した。初期のノーベル生理学・医学賞の受賞者の多くは、こんな「植民地医学」との関わりが深い学者たちであった。

……一八九四年、香港で「それ」が流行し、ここに初めて国際的防疫体制が確立された。帝国主義下で、各国は、それまで植民地経営で蓄積してきた医学的経験を共有した。近代国際政治に「それ」への対策という項目が書きこまれたのである。

……長い、人間と「それ」との、戦いと共棲という矛盾するふたつの歴史は、二十世紀になると新しい局面に入った。第一次世界大戦、そして、もっとも巨大な「それ」、すなわち「スペイン風邪」の到来である。

「スペイン風邪」という名前を持つ「それ」

アメリカのキャンプで発見された「スペイン風邪」という「それ」は、どこから来たのだろうか。

もう一度、ぼくたちは『史上最悪のインフルエンザ』に戻ろう。今度は、すべて、著者のアルフレッド・W・クロスビーのことばである。一九一八年秋、アメリカのキャンプで生まれる前に、「それ」はすでに誕生していたのだ。

「この春、ほとんど誰にも気づかれることなく、新しい何かがアメリカ国民のノドや肺に漂着した。それはしばらくして、第一次世界大戦よりも多くの人命を奪うことになる。しかも、戦争と同じく、わざわざ若い青年たちを好んで餌食にした。いったいどこからやってきたのだろうか。中国、インド、それともフランスから？……新型のインフルエンザはこの年の3月に合衆国で出現したと言わざるをえない……このインフルエンザは、軍隊から軍隊へとみるまに広がり、早くも4月には英軍遠征部隊の中にも患者が出現していた。5月までにはフランス軍にも広まり……フランス軍衛生部の命令が下りたころ、インフルエンザの流行は、すでにアルプスを越えイタリアへ、ピレネー山脈を越えてスペインへと広がりつつあった……大英帝国では……例によって流行はまず軍隊の中で始まり、あっというまに広がっていった……ドイツ側で最初に流行に見舞われたのは、ドイツ軍占領地域が極端に西方に広がった、いわゆる西部戦線にあった兵士たちだった……7月に入り、西部戦線に展開する部隊で流行の第一波がようやくおさまりかけていたころ、ヨーロッパの多くの国々で、今度は一般市民の間での流行が高まりを見せていた……第二波への助走……スパニッシュ・インフルエンザはたった4か月で地球を一周し、再び合衆国に姿を現わしていたが、そのときには『流行』は『パンデミック』と呼ぶべきものになっていた……真夏の流行の際立った特徴は、合衆国本土ではまったく流行しなかったということである……北米地域だけがインフルエンザの発生を見ることなく1918年8月をやり過ごそうとしていたちょうどそのころ、スパニッシュ・インフルエンザのウイルスは他のいくつもの大陸で数百万人という人々のからだの中を通りぬけ、その中で変異し、新しい環境となる体内での増殖に有利なように遺伝的適応を遂げつつあった……不気味なのは、数十万人にものぼるアメリカ人がヨーロッパへと移動していることだった。大西洋を渡った米兵は、6月に27万9000人、7月は30万人以上、8月には28万6000人であり、大戦末期の6か月間に、戦争遂行のためにヨーロッパに渡った米軍兵士は合計150万人にものぼっていた。これほど短期間のうちにこのような大規模な人間の移動がおこなわれたことはかつてなかった。しかもパンデミックのさなかの大移動は、あとにも先にも例がない。150万人の兵士が、インフルエンザパンデミックのまったく入り込んでいなかった大陸から、はるばる海を越え、パンデミックが吹き荒れる大陸に渡っていった……1918年8月後半、スパニッシュ・インフルエンザは変異し、前代未聞の強い病原性を持つインフルエンザの爆発的な流行が始まった。流行はアフリカのシエラ・レオネのフリータウン、フランスのブレスト、そしてアメリカ、マサチューセッツ州のボストンという互いに数千キロも離れた3か所の港町で、しかもまったく同じ週に起こっていた。これらの場所での爆発的流行が、いずれか1か所で生じたウイルスのたった1つの変異がほとんど同時にほかの2か所に波及した出来事なのか、あるいは3つの異なる変異が同時に出現したものなのかは、これからも解き明かされることはないだろう……戦争とパンデミックが織りなすものは、半世紀たって見れば、完璧な狂気模様のようである。9月11日、ワシントンの役人は報道陣に対し、スパニッシュ・インフルエンザがすでに合衆国内に上陸していることを発表し、事態に対する憂慮の念を表していたが、一方でその翌日、このインフルエンザならびにその合併症に最も感受性の強かった年代の1300万人もの男たちが、兵士募集の声に応えて、志願登録のために全米各地の市役所や郵便局や学校の校舎に押し寄せていた。熱狂的に愛国心を鼓舞するお祭り騒ぎがボストンを含め国中至るところでおこなわれていた。ボストンでは9万6000人が集まり、互いにくしゃみと咳をかけ合いながら登録がおこなわれていた……フィラデルフィア……市民がそのころ社会の最優先事項とされていた第四次戦時公債購買運動に街をあげて熱中した……9月28日……市内23ブロックで購買運動開始の祝賀パレードが繰り広げられ、見物のために20万人の市民が街頭に集まっていた……これと同じようなパレードがこの日全米各地で催された。どの都市の保健衛生担当部局も差し迫るパンデミックの危機に対してきわめて楽天的な態度をとっていた。ニューヨークでは保健委員長コープランドが、インフルエンザ患者が港に停泊した船から次々と上陸していることを公式に認めたものの、患者はみな隔離しておりインフルエンザの脅威は存在しないと発言……戦時公債パレードに続く数日間でフィラデルフィアではパンデミックが爆発的様相を見せていた。10月1日の1日だけで一般市民の間から新たに635人ものインフルエンザ患者が報告……10月3日、ケアンズ博士は9月11日以降のフィラデルフィア市におけるインフルエンザ患者発生数をおおむね7万5000人と推定している……その夜、市当局は、すべての学校、教会、劇場その他の大衆娯楽施設の閉鎖命令を下した……訪問看護婦はしばしば14世紀のペストの流行地を彷彿とさせる場面に出会っていた。彼女らの周りに助けを哀願する人山ができるか、あるいは逆に、人々は彼女らが身につけていた白衣やガーゼマスクに怖れをいだき、彼女らを避けていた……ある看護婦は、亡くなった男性がそのままに置かれた同じ部屋に、妻が生まれたばかりの双子の赤ん坊とともにベッドに横たわっていたという光景に出会っている……フィラデルフィア市民にとってなくてはならない公共サービスの中でも、ほとんど破局的な混乱に陥ったのは、遺体に埋葬のための処置を施し、死者を地に還す仕事だった……十三番街とウッド街が交わる辺りにあった市で唯一の身元不明死体公示所は、ぞっとするような光景だった。通常の遺体収容能力は36体だったが、いまや数百体がそこに置かれていた。遺体は建物にあるほとんどすべての部屋、そして通路の奥まで3〜4段に積み上げられ、薄汚れた、しばしば血に染まったシーツに覆われていた……」

こんなふうにして、「それ」はアメリカを呑みこみ、また、そこから世界へ広まっていった。「それ」が、各国の兵士たちの消耗を呼び、その結果、第一次世界大戦を終わらせる契機になったといわれている。けれども、「それ」は、また別の形で、ぼくたちの歴史に関わったのかもしれない。著者のクロスビーは、戦争終結後のパリ講和会議に、平和の戦略を持って乗りこんだ、アメリカのウィルソン大統領が、実は会議中、「それ」に冒されたのではないかとしている。「インフルエンザ」と診断されたウィルソンは、体力を失い、気力をなくし、譲歩を重ねた。そして、パリ講和会議で、ウィルソンは、ドイツへの苛酷な賠償金支払いを主張する強硬派諸国に同意する。このとき、第二次世界大戦へ向かう長い導火線に火がつけられたのである。

さあ、「それ」の進む道を、ぼくたちもさらに追いかけてゆこう。行く先は、十七世紀のロンドンだ。

死の影の下で

「あとになると、あまりにも目の前で人がばたばた死にすぎたせいで、市民の感情はすっかり麻痺し、近親を失ってもたいして悲しまなくなってしまった。次に召されるのは自分だなと思うだけになっていたのだ……おびただしい数の市民が脱出した。しかし、避難したのはロンドン西部の住人や市の中心部の住人、つまり取引や商売にしばられていない、もっとも裕福な人々であった。それ以外の庶民はロンドンに残った……最初は、この法令のように家屋を閉鎖してしまうなど、残虐きわまりなく、キリスト教精神に反する措置だと思われた。閉じこめられた貧しい人々は、それはそれはなげき悲しんだものだった。市長のもとへは、理由もないのに、いや悪意から家を閉鎖されたという、その非道さを訴える声が、毎日、ひっきりなしに届けられた……大勢の人々が、このような悲惨な監禁状態で死んでいった。たとえ家でペストが発生しても、自由の身でさえあったなら、病に倒れることもなかっただろう……荷馬車には一六、一七体の死体が積まれていた。リンネルのシーツや上掛けに包まれている死体も、裸同然の死体もあった。だが、いずれにしろ、巻きつけてあるだけだったので、荷馬車から放り投げられた拍子に、どの死体も丸裸になってしまうのだった。もっとも、彼らにとってはどうでもいいことだったし、だれもわいせつだと思ったりしなかった。彼らはみな、いうなれば人類の共同墓地のなかで、寄りそって死んでいた。そこにはどんな違いもなく、金持ちも貧乏人も、一緒に横たわっていた。ほかに埋葬の仕方はなかった。あるはずもなかった。このような大災厄のさなかに、膨大な数にのぼる死者を、いちいち棺桶におさめるわけにはいかなかったのだ……大勢の市民が、なんの前触れもなしに、街路であっけなく死んでしまうことが、日常茶飯事になっていたのだ。もよりの露店や屋台店や、近くの戸口やポーチまでたどりつく者もいたが、そこで腰をおろすや、たちまちこと切れてしまうのだった。こうした出来事が街なかでしょっちゅう起こったので、疫病がロンドン東部で最高潮に達したころには、街を歩けば、いくつもの死体が道端のそこここに転がっているのを、必ずといっていいほど見かけるようになった……当然のことながら、生活に直接関連する品物をべつにすれば、あらゆる商売が事実上停止してしまった……製造業……数えきれないほどの職種がここにあてはまった。このような親方衆は仕事をやめて、職人や徒弟など、すべての雇い人を解雇してしまった……臨時雇いの税関職員や、船員、荷馬車の御者、荷揚げ作業員などの、貿易商人に使われていた貧しい労働者たち……家の新築や修理に従事していた雇い人……煉瓦職人、石工、大工、建具工、左官、ペンキ屋、ガラス屋、鍛冶屋、配管工……船大工、コーキン工、縄職人、乾物用の樽職人、縫帆工、錨などの鍛冶工、さらには滑車製造工、彫刻工、鉄砲鍛冶、船舶雑貨商、船首彫刻工……大部分の船員、はしけ船頭、船大工、はしけ大工……おびただしい数の召し使い、従僕、店員、職人、帳簿係などの人々、わけてもメイドが解雇された。彼らは仕事も家も失って孤立無援になってしまい、悲惨きわまる境遇におちいった……人々が生きる望みをなくし、やけっぱちになっていた様子は前に述べた通りだ。ところが、そんな状況におかれたせいで市民の間にある不思議な現象が生じてきた。疫病が猛威をふるっていた三、四週間にわたって、絶望しきった市民がやけに図太くなり、大胆に行動するようになったのだ。お互いに疑心暗鬼になるのをやめ、もはや家のなかにこもっていようとはしなかった。そして、思い思いにどこへでも出かけて行き、だれとでも口をきくようになった……市民が人込みのなかに出かけるようになると、教会にもびっくりするほど大勢の群衆が詰めかけてきた。隣にだれがすわっているかとか、どのくらい離れて腰かけているかなどということはみんなもうまったく気にかけず、ひどい悪臭が漂ってこようがまわりの人のぐあいがどうであろうが涼しい顔をしていた。自分たちをおびただしい数の死体とでも見なしているのか、とにかく人々はなんのこだわりもなく教会に足を運んだ……不思議な影響はほかにもおよんだ。たとえば、教会の説教壇にだれがあがっても、市民は偏見の目で見たり、いぶかしんだりしなくなった。なにしろ災難はだれかれかまわず降りかかってきたので、教区教会の牧師（英国国教会派）もたくさん病に倒れていた。また、病気にかかっていなくても、怖くていてもたってもいられず、つてを頼って田舎に引っ越す牧師もいた。そのため、教区教会には牧師がいなくなったところもでてきた。すると、人々は迷わず非国教会派の牧師を自分たちの教会に迎え入れた。それまで非国教会派の牧師たちは……教会で説教することを禁じられていたのだ……こうして非国教会派の牧師たちは、この機会に『沈黙の牧師』などという汚名を返上して口を開き、大っぴらに大衆に説教するようになったのだった……つまり、死がさし迫ってきたときには、お互いに立場は違ってはいても善良な人々はたちまち手を取りあえるということだ。いまの世の中ではだれもがのほほんと暮らしていて、面倒なことには首を突っ込みたがらない。わたしたち市民が分裂して、敵意や偏見にとらわれたままでいることや、隣人愛に亀裂が入り、キリスト教会がいまだに統一されていないのはおもにそのせいだろう。だが、いままた疫病がはやったら、こんないさかいはすべて解消してしまうにちがいない。死や、死に至る病に直面すれば、わたしたちの苦々しい気持ちはたちどころにおさまり、恨みも消えて、それまでとは違う視点から物事を見るようになるのだろう……しかし、感染の恐怖がうすらぐにつれ、すべては以前のあまり望ましくない状態に逆戻りして、元のもくあみになってしまった……しかし、繰り返しいえるのは、明らかに死はわたしたちの心をひとつにすることができるということだ。墓石のあちら側に行けば、わたしたちはみな同胞になれるのだ」

「それ」は突然やって来て、「死」や「貧困」をもたらす。誰もが混乱し、社会は秩序を失う。そのとき、人は、少しだけ、社会の拘束を離れるように見える。隠されていたものが姿をあらわす。仕事がなくなって、社会との紐帯が切れる。家の中に閉じこめられて、人との交わりが失われる。社会を構成していたピース、断片がいくつも同時に失われる。だが、不思議なことに、まるで、生きもののように、失われた断片の代わりになるなにかが補塡されて、正常ではない形で、社会は運営されてゆく。

しかし、その正常ではない形のほうに、心惹かれるものがあったとしたら、どうだろう。揺らぐことがないと思えたものが壊れ、紐帯がゆるむ。注意する者もなく、放置される。あるいは、見捨てられる。それでも生きねばならないとしたら、どうするのか。あたりを見まわし、生きるために必要なものを見つけにゆくしかないではないか。そのとき、人びとがとる動作は、どこか、その社会が生まれる前にあったもの、あるいは、社会そのものが生まれる前にあったものに似ている。

直線的に進んできた時間がジグザグに進みはじめ、気がつけば、止まっている。社会も、また。そこには、不思議なことに、なにものかから解き放たれた感覚、そう、「自由」に似たものも生まれている。それは、まちがいでも、勘ちがいでもない。なぜなら、「自由」には、まばゆいところも、また、底知れぬ暗い部分もあるからだ。

「それ」は、ひとつの街を襲い、やがて、姿を消す。もちろん、他の街に現れるために、である。

ところで、なんのために、「それ」は現れるのだろうか。そんな問いは無駄だというのだろうか。「それ」には、意思などもちろんなく、偶然、現れ、人間たちを恐怖や混乱にたたきこむ。ただ、それだけのことなのだ。ほんとうに、あなたたちは、そう信じているのだろうか。

「そういうわけで、ペストがわが市民にもたらした最初のものは、つまり追放の状態であった……まさにこの追放感こそ、われわれの心に常住宿されていたあの空虚であり、あの明確な感情の動き――過去にさかのぼり、あるいは逆に時間の歩みを早めようとする不条理な願いであり、あの突き刺すような追憶の矢であった……みずからの現在に焦燥し、過去に恨みをいだき、しかも未来を奪い去られた、そういうわれわれの姿は、人類の正義あるいは憎しみによって鉄格子のなかに暮させられている人々によく似ていた……ペストは彼らにとって不愉快な訪問者――元来やって来たものである以上、いつかは立ち去って行くべき訪問者であるにすぎなかった。おびえてはいたが、絶望してはいなかったし、やがてペストが、さながら彼らの生活形態そのものと観じられ、それまで彼らの営みえた生活を忘れてしまうに至ったあの時期は、まだ到来していなかった。要するに、彼らは待望のなかにあったのである……まったく、こいつが地震だったらね！　がっと一揺れ来りゃ、もう話は済んじまう……。死んだ者と生き残った者を勘定して、それで勝負はついちまうんでさ。ところが、この病気の畜生のやり口ときたら、そいつにかかってない者でも、胸のなかにそいつをかかえてるんだからね……確かに、理由にはなりません。しかし、そうなると僕は考えてみたくなるんですがね、このペストがあなたにとって果してどういうものになるか──ええ、そうですと、リウーはいった。際限なく続く敗北です……一見、攻囲された者の連帯性を住民に強制していたと見られる病疫は、同時に、伝統的な結合を破壊し、また各個人をめいめいの孤独に追いやっていたのである……それはつまり、天災ほど観物（みもの）たりうるところの少ないものはなく、そしてそれが長く続くということからして、大きな災禍は単調なものだからである……まったく、ペストは、病疫の初めに医師リウーの心を襲った、人を興奮させる壮大なイメージとは、同一視すべき何ものももっていなかった。それは何よりもまず、よどみなく活動する、用心深くかつ遺漏のない、一つの行政事務であった……記憶もなく、希望もなく、彼らはただ現在のなかに腰をすえていた。実際のところ、すべてが彼らにとって現在となっていたのである。これもいっておかねばならぬが、ペストはすべての者から、恋愛と、さらに友情の能力さえも奪ってしまった。なぜなら、愛は幾らかの未来を要求するものであり、しかもわれわれにとってはもはや刻々の瞬間しか存在しなかったからである……誰でもめいめい自分のうちにペストをもっているんだ。なぜかといえば誰一人、まったくこの世に誰一人、その病毒を免れているものはないからだ。そうして、引っきりなしに自分で警戒していなければ、ちょっとうっかりした瞬間に、ほかのものの顔に息を吹きかけて、病毒をくっつけちまうようなことになる。自然なものというのは、病菌なのだ。そのほかのもの——健康とか無傷とか、なんなら清浄といってもいいが、そういうものは意志の結果で、しかもその意志は決してゆるめてはならないのだ。りっぱな人間、つまりほとんど誰にも病毒を感染させない人間とは、できるだけ気をゆるめない人間のことだ。しかも、そのためには、それこそよっぽどの意志と緊張をもって、決して気をゆるめないようにしていなければならんのだ。実際、リウー、ずいぶん疲れることだよ、ペスト患者であるということは。しかし、ペスト患者になるまいとすることは、まだもっと疲れることだ。つまりそのためなんだ、誰も彼も疲れた様子をしているのは。なにしろ、今日では誰も彼も多少ペスト患者になっているのだから。しかしまたそのために、ペスト患者でなくなろうと欲する若干の人々は、死以外にはもう何ものも解放してくれないような極度の疲労を味わうのだ」

プルーストの途方もない長編の最後に、その真の主人公である「時」が姿を現すように、カミュの『ペスト』の終わり近くで、真の主人公が姿を現すのである。もちろん、それは「ペスト」のことなのだが、この「ペスト」を、ぼくがこれまで幾度か試みたように、「それ」と書き表してもかまわないだろう。

ここで登場人物たちが、ひそかに告白しているように、「ペスト」の正体は「ペスト」以上のものであるからだ。

たとえば、人々の多くが「結核」で亡くなっていた時代には、「結核」は「結核」以上のものだった。ひとたび、それに捕まった者は、誰でも、確実な死に向かって進むことを強いられる運命のようなものだった。豪奢なサナトリウムに閉じこめられるか、貧困のうちに血を吐くか、どちらにサイコロが転ぼうと、多くの若者を筆頭に、人々は死を余儀なくされたのだった。

あるいは、「癌」が死の主役に躍り出た時代には、「癌」もまた「癌」以上の存在であった。細胞がコントロールを失い、自律的に無秩序に増殖・転移して、死に至らしめる「癌」は、自分自身の細胞の反乱だった。それもまた、単なる「癌」という病ではなく、特別な形、特別な意味をぼくたちに感じさせる病だった。

では、「ペスト」はどうなのか。あるいは、ここまで、ぼくがたどって来た、多くの

「感染症」たちは。

「それ」は、「戦争」に似ている。カミュは、終わったばかりの「戦争」について考えるために「ペスト」を招き入れたのだから。確かに、「それ」は、突然襲来して、ほとんど一つの国を滅ぼす。「それ」は、世界中の国々が戦わざるをえなくなる。「それ」との攻防戦は、閉じた壁、高い塀をはさんで行われる。

あるいは、「それ」は、突然生まれて、世界を横断して、流行し、変化し、また突然消え、次の出現を待つのだから、「文化」にも似ている。

いや、それだけではない。「それ」の本質はそこにはない、とカミュはいうのである。「それ」は、ぼくたちの「外」にあるのではない。ぼくたちの内側にあるものなのだ。ぼくたちの内側にあって、外に出ようと、いつもうずうずしているもの。全力で押しとどめていないと、外に溢れだし、他の人間に「感染」し、ときには、死の床に連れてゆこうとするもの。ぼくたちが生まれたときからあって、死ぬまで、つきまとうもの。

いうまでもないだろう。「それ」とは「ことば」なのである。

終焉、忘却、記憶、ことば

始まったものは、いつかは終わる。「それ」もまた同じだった。苦しみの頂点と思われた頃、不意に、「それ」の終わりがやって来る。

「ロンドンがいよいよ末期的な様相を呈し、人々が苦しみにあえいでいるちょうどそのさなかに、神はその御手を直接下され、病魔の力を奪いとられた。毒牙から毒が抜きとられたのだ。それは不思議としかいいようがなく、医者でさえ、その変化に目をみはった。

往診に行くと、どの患者も容体がよくなっていた。適度な発汗があったり、腫瘍がつぶれたり、腫れものがひいて、その周囲で炎症をおこしている皮膚の色がさめたり、熱が下がったり、激しい頭痛が治ったり、そのほかにもよい症状が現われていた。

そんなわけで、二、三日もすると、どの患者も回復しはじめた。一家そろって感染して病に倒れ、牧師に一緒に祈りを捧げてもらいながら、迫りくる死を待つばかりだった人々が、急に生気をとりもどして快方にむかい、ひとり残らず助かるようになった。

この変化は、新しい薬や治療法の発見によるものではなく、また医者や外科医が手術の経験をつんだせいでもない。これはひとえに、神のひそかな見えざる手のなせる業なのだ。最初、われわれを裁くために病気を下されたその手で、神はわれわれを救われたのだ。

無神論者がなんといおうと、これはけっして宗教にこりかたまった意見ではない。当時、あらゆる人々が認めたことなのだ。

病気の勢いがおとろえ、その勢いが弱まった事実を、さまざまに解釈してみるといい。学者なら、その理由を自然界に求めるのもいいだろう。自然研究は、造物主に対する贖罪だといえる。だが、信仰心をほとんど持っていないような医者でさえ、これが超自然的なことであり、常識では考えられない、説明のつかないことだと認めざるをえなかったのだ」

もちろん、「科学」や「自然」について、三百五十年ほど前の彼らよりはずっと知っている、と確信しているぼくたちは、彼らに向かって、「それ」が終わったのは、住民たちに十分な「免疫」が生まれたからであり、神とはなんの関係もない、というだろう。だが、ほんとうにそうだろうか。あるいは、この本の著者は、神の威光について書くために、このような記述をしたのだろうか。

わかっているのは、突然、「それ」がやって来て、社会を破壊し、人々の間に「死」をまき散らし、絶望と悔恨のうちにたたきこんで、驚くべき経験をつませた上で、やはり、不意に「それ」が去っていった、ということだけだ。

「しかし、昼になっても、一向変りがなかった。夕方には、グランはもう助かったものと見なされることができた。リウーには、この蘇生がまるで腑に落ちなかった。しかしながら、ほぼ同じ時期に、リウーのところに一人の患者が連れて来られ、彼はそれをもう絶望的な症状と診断して、入院すると早速隔離させた。その若い娘は完全に錯乱状態に陥っていて、肺ペストのあらゆる兆候を呈していた。ところが、翌朝になると、熱は下ってしまった。リウーはこのときもまた、グランの場合と同様に、それを朝がたの病勢弛緩だと思ったし、これは、経験によって、悪い兆候と見なす習慣がついていた。しかしながら、昼になっても熱は上らなかった。晩にはわずか二、三分だけ上ったが、翌朝になると、熱はすっかり消えてしまった。若い娘は、弱ってはいたが、床のなかで楽に呼吸していた。リウーはタルーに向って、その娘はあらゆる法則に反して助かった、といった。ところが、その週のうちに、リウーの所管内で、同じような症例が四つも出たのである……短時日の間に、ペストは幾月もかかって蓄積してきた力のほとんど全部を失ってしまった。グランや、リウーの見たあの若い娘のように、すっかり指名済みの餌食を取り逃がしてしまったり、ある地区では二、三日の間病勢が激化したかと思うと、その間、ほかのある地区では全く影を潜めてしまった……総体において、感染はあらゆる方面で減退し、県の公報も、まず最初は遠慮がちのひそかな希望を芽ばえさせたものであったが、ついには公衆の心に、勝利が確保され、病疫はその陣地を放棄したのだという確信を固めさせるに至った。実をいえば、これが勝利というものであるかどうか、きめてしまうことは困難であった。人々は単に、病疫が、やって来たと同じようにして去って行くらしいことを、確認するより仕方がなかったのである」

あらゆる物語、あらゆる出来事、あらゆる事件がそうであるように、「それ」は始まって終わるのである。だから、「それ」の襲来があり、「それ」がすべてを支配して、世界と社会の動きを止めていた時間にも、終わる時が来る。「それ」は去った。もう、「それ」に怯えることも、「それ」のことばかり考える必要もなくなったのだ。

だとするなら、「それ」の物語は、ここで結末を迎えたはずだ。だが、「それ」を描く、すべての物語の著者たちは、「それ」の「終焉」の、さらに後に、もう一つの「章」を、すなわち、この物語の真の終わりでもある、「その先の物語」を書き加えたのである。

「その昔、ファラオの軍に追われたイスラエルの子孫が紅海を渡り、後方をふりかえったとき、彼らはエジプト人たちが海にのまれたのを見て、自分たちが救われたことを知った。

このときのことに言及した言葉で、いわく、

『彼らは神のほまれを歌った、しかしまもなくその御業（みわざ）を忘れた』

さて、わたしはここで筆をおくことにする。人々が神への感謝を忘れ、ふたたび背徳の行為に走るようになった様子を、たしかにわたしはこの目でたくさん見てきた。だが、どんな理由があるにせよ、そのことを非難する不愉快な著述をはじめれば、それはあらさがしや、おそらくは偏見と受けとられかねないからだ」


「暗い港から、公式の祝賀の最初の花火が上った。全市は、長いかすかな歓呼をもってそれに答えた。コタールもタルーも、リウーが愛し、そして失った男たち、女たちも、すべて、死んだ者も罪を犯した者も、忘れられていた。爺さんのいったとおりである――人々は相変らず同じようだった。しかし、それが彼らの強味、彼らの罪のなさであり、そしてその点においてこそ、あらゆる苦悩を越えて、リウーは自分が彼らと一つになることを感

じるのであった。色さまざまの光の束が空に上る数を増すにつれて、ますます強さと長さを増し、テラスの直下まで長々と反響して来る喊声(かんせい)のなかで、そのとき医師リウーは、ここで終りを告げるこの物語を書きつづろうと決心したのであった——黙して語らぬ人々の仲間にはいらぬために、これらペストに襲われた人々に有利な証言を行うために……そして、天災のさなかで教えられること、すなわち人間のなかには軽蔑すべきものよりも賛美すべきもののほうが多くあるということを、ただそうであるとだけいうために」

終焉の後に、「忘却」がやって来る。なぜだろうか。それは、おそらく、「日常」に戻るために、である。「それ」が支配した期間は、特別な時間だった。だが、人はその記憶を保持しておくべきなのだろうか。人々は、本能的に、そのことを拒むのである。特別な時間に見たもの、聞いたもの、体験したもの、それらはすべて、人が静かに「日常」に戻ることを拒むからだ。

だから、たとえば、人々は「戦争」を忘れる。「戦場」でなにをしたかを、「戦争」遂行に実は積極的であったことを、その苦しみのなかで自分ではないなにものかになっていたことを。

だが、その逆もまた存在している。医師リウーが、「それ」に関する「物語」を書き、「忘却」に抵抗しようとしたのは、「それ」は、悲劇とともに、人が持つ偉大さを教えてくれるからだった。

ぼくたちはなんでも忘れてしまう。まるで、それこそが、生きるためにもっとも必要な技術であるかのように。

けれども、忘れてはならないのだ。「それ」に関する物語の、最後の頁で、医師リウーは、あるいは、著者は、その理由をこう書くのである。

「事実、市中（まち）から立ち上る喜悦の叫びに耳を傾けながら、リウーはこの喜悦が常に脅やかされていることを思い出していた。なぜなら、彼はこの歓喜する群衆の知らないでいることを知っており、そして書物のなかに読まれうることを知っていたからである——ペスト菌は決して死ぬこともないものであり、数十年の間、家具や下着類のなかに眠りつつ生存することができ、部屋や穴倉やトランクやハンカチや反古（ほご）のなかに、しんぼう強く待ち続けていて、そしておそらくはいつか、人間に不幸と教訓をもたらすために、ペストが再びその鼠どもを呼びさまし、どこかの幸福な都市に彼らを死なせに差し向ける日が来るであろうということを」

　忘却は運命づけられているとしても、書き手、あるいは語り手、あるいは護り手には、最後の手段が残されている。それは「記録」し、「書物」に残すことである。そのことだけが、ぼくたち人間を「忘却」から遠ざけることができるのだ。

「日常」は元に戻り、一見、世界にはなんら問題などないように見える。だが、ほんとうのところ、「それ」が消滅することはないのである。なぜなら、「それ」は、そもそも、人と共にあるもの、人が人である所以のものだからだ。その理由については、ここまでに書いた通りである。

　人が人になったとき、社会を構成したときから、そのことは約束されていた。限定された、誰も知らぬところでひっそりと生きていた菌やウイルス、「それ」らは、攪拌（かくはん）され、道を整備され、人の住むあらゆる場所に現れるようになったのである。

「それ」らを消滅させることは不可能だ。なぜなら、ある意味では、「それ」に寄生しているのは人間だからだ。

　いま、ぼくが書いた「それ」、菌であり、ウイルスであり、戦争であり、その他、あらゆる、人間につきまとい、人間であることを保証し、証明するためにあるもの、「それ」を取り除くことはできないのである。

「感染症」の歴史について書いた上で、その本の著者は、感染症のない世界とはなにかを考える。その世界は、突然生まれる、まったく知られぬ感染症や、さまざまな想像を超えた変化に対応することができないだろう、と書き、最後に、次のような、冷たく、受けとり難い結論に達するのである。

「感染症のない社会を作ろうとする努力は、努力すればするほど、破滅的な悲劇の幕開けを準備することになるのかもしれない。大惨事を保全しないためには、『共生』の考え方が必要になる。重要なことは、いつの時点においても、達成された適応は、決して『心地よいとはいえない』妥協の産物で、どんな適応も完全で最終的なものでありえないということを理解することだろう。心地よい適応は、次の悲劇の始まりに過ぎないのだから」

「感染症のない社会」は、「戦争のない社会」や「軍隊のない社会」や「環境破壊のない社会」に似たものかもしれない。それは素晴らしい社会であると同時に、どうしようもなく、脆く、不安定なものかもしれない。もちろん、それは「戦争のある社会」や「軍隊のある社会」や「環境が破壊された社会」が素晴らしいということを意味するわけではないのだが。

だが、少なくとも、ぼくたちは「心地よいとはいえない」共生、ということばの中に、その苦いあきらめの中に、かすかではあるけれど、未来の社会についての具体的なイメージを感じることができるのである。

「それ」について論じるとき、書き手たちは、まるで定められたかのように、「終焉」の後に「忘却」についての一章を置く。『史上最悪のインフルエンザ』の最終章のタイトルは「人の記憶というもの――その奇妙さについて」である。

「インフルエンザ」についての浩瀚（こうかん）な書物の最終章が、なぜ「人の記憶」なのか。それは、読めばすぐに理解することができる。

「スパニッシュ・インフルエンザに関して、本当は最も重要でありながら、実際には人々にほとんど理解されずにいることがある。それは、たった1年かそれに満たないうちに何千万もの人々の命を奪ったという事実である。どんな疫病だろうが戦争だろうが飢饉だろうが、これほど多くの人間が、これほど短期間に亡くなった例はない。そのうえ、スパニッシュ・インフルエンザは、これまで人々の畏怖の対象とされたことは一切なかったといってもいい」

最大最悪の災害なのに、一切、畏怖されることも記憶されることもなく、たちまち忘却の彼方に消え去った「それ」。

その原因は、どこを探ればいいのか。記録なら残っている。だが、記憶の問題を、記録の中に探すことはできないのである。

だから、作者は、作家たちの残した作品を探る旅に出かける。インフルエンザの秘密を探る科学者の最後の仕事は、文芸批評だったのだ。

だが、考えてみれば、おかしなことなど一つもない。なぜなら、作家は、その社会で起こった出来事を、多くの場合は「物語」の形にして書き残し、人々の記憶に残すことがその役割だからだ。たとえば、その頃、アメリカには、多くの素晴らしい作家たちがいた。

彼らは、同時に起こっていた「第一次世界大戦」については書き残したのに、「それ」についてては書かなかった。ドス・パソス、フィッツジェラルド、フォークナー、ヘミングウェイ、文学史に燦然と、その名を輝かす、それら一群の作家たちは、インフルエンザ・パンデミックに遭遇していたはずだった。

「ジョン・ドス・パソスは1918年秋、陸軍の一兵卒として兵員輸送船で大西洋を渡ったが、彼の乗った船でもスパニッシュ・インフルエンザが蔓延し、毎日何人もの兵士が亡くなっていた」

だが、ドス・パソスの作品中に「それ」の記述はないのである。

「F・スコット・フィッツジェラルド……の部隊は1918年10月、一旦はフランス行きを命ぜられたが、輸送船でのインフルエンザの流行が懸念されたために出航は延期され、部隊がやっとのことで乗船した時にはすでに戦争は終わってしまっていた」し、彼の親友であり、名作『楽園のこちら側』の「ダーシー神父」のモデルとなった「シガニー・ウェブスター・フェイ神父が、1919年1月に肺炎で亡くなっている」が、「自らを時代の記録者と自負していたフィッツジェラルド」の作品に「それ」の姿はやはり見えない。

「ウィリアム・フォークナーはカナダで英国空軍の訓練を受けていたが……中略……兵士の4分の1がインフルエンザに罹るに至って中断してしまっている」。だが、フォークナーの作品に「それ」は出てこない。彼のもっとも有名な「ヨクナパトーファ郡」を舞台にした連作で、その土地に下された「ある種恐ろしい天罰」を暗示する素材としてさえ使われなかったのだ。

「アーネスト・ヘミングウェイは、負傷し、長いあいだミラノで入院生活を送っていたが、その時彼は、看護婦アグネス・フォン・クロウスキーと恋に落ちている」

アグネス・フォン・クロウスキーは『武器よさらば』のヒロインのモデルであり、まさに「それ」との戦いのためにイタリアへ渡っていったが、やはり「それ」についての記述はない。

アメリカのもっとも偉大な現代詩人であり、また医師でもあったウィリアム・カルロス・ウィリアムズは「このパンデミックの時には日に60件にものぼる電話を受けていた」のだが、彼の詩に「それ」が登場することはなかった。

結局のところ、「2つの最大級の例外」を除いて「それ」が、小説や物語、文学のテーマとなることはなかったのである。

「2つの例外」とは、トマス・ウルフとキャサリン・アン・ポーターである。トマス・ウルフは代表作『天使よ故郷を見よ』の中で、「それ」によって最愛の兄を失う経験を描いている。

だが、「それ」に関する、文学への最大の貢献はキャサリン・アン・ポーターということになるだろう。

「1918年秋、彼女はデンバーにあったコロラド・ロッキー・マウンテン・ニューズ社で記者として働いていた。そのころ彼女は若い陸軍士官と恋仲だったが、2人ともインフルエンザに倒れてしまった」のである。

彼女は奇跡的に回復したが、恋人の士官は戻らぬ人となってしまったのだ。彼女は、生涯にわたって、その問題を考えつづけ、「最後の作品である自伝的短編小説『幻の馬幻の騎手』を書きあげた」。

クロスビーが書いているように、『幻の馬幻の騎手』は二〇世紀の短編小説中最高の一つとされている。この作品には、ふつうの小説が読者に与える以上のものが含まれている。ここには「1918年秋のアメリカ社会」が冷凍保存されているのだ。

この短編はこんな文章で終わっている。

「もはや戦争もなければ疫病もなく、あるのはただ、重砲のなりやんだあとの、茫然とした静寂だけ。鎧戸をおろしたひっそりした家々と、人気（ひとけ）のない通りと、死んでいるような冷たいあしたの光だけだった。今やそこには、あらゆるものにとって時間だけが存在しているようだった」

最後に見つかるのは「時間」なのだろうか。クロスビーは、これほどの傑作が、文学という狭い世界での評価にとどまったのには、二つの理由があるとしている。

一つは「何より彼女が、アリストテレスの時代のはるか以前から男性の権威者たちによってその知性の産物の価値を不当におとしめられていた、もう一方の性に属していたから」だ。その点について、書きたいことはたくさんあるが、それはいつか、ということにしよう。問題は、もう一つの理由である。

クロスビーは「スパニッシュ・インフルエンザ」そのものが、「それ」による「死」が、不当に「軽い」ものとみなされていたからだ、としている。

「それ」が、もっと遥かに（たとえば、ペストや狂犬病のように）死亡率の高いものであったら、「癌」や「梅毒」のように、いつまでも続くものであったら、「疱瘡やポリオのようにあきらかに目に見える瘢痕（はんこん）や障害を一生涯残すような」ものだったら、もっとちがった扱いを受けていたのかもしれない。

だが、「それ」はあまりに速く、あまりに広汎に、あまりに多くの「死」を、あまりに簡単にまき散らした。そこでは、「死」はありふれた日常にすぎない。そして、人々は、日常を忘れるのである。「それ」のそばには、もう一つ、非日常的な大量死、世界大戦による「死」があって、ほんものの「死」は、そちらに属することになっていたのである。

*

いま、ぼくは、ひとり、灯を消した部屋にいて、パソコンのモニターの画面がぼんやり浮かびあがっている。そこでは、あいかわらず「新型コロナウイルス・パンデミック・カウンター」の数値が上がりつづけている。もう何日も、人と直接会ってはいない。会話をするのも、ウェブのテレビで、モニターの向こうにいる誰かに話しかけるのだ。

けれども、こうやって、部屋の中でも、「それ」の歴史をたどることはできる。「それ」がどんなふうに始まるのか、どんなふうに広がるのか。そして、人びとは、「それ」とどう戦ってきたのか、もしくは、逃げようとしたのかを。

社会が停止したとき、「日常」を奪われたとき、パニックに陥らずに、自分が過ごしてきた社会と生活と「日常」を見つめてみる。

不思議な気がする。でも、どんなものでも、真剣に見つめれば、おかしいのだ。おかしくないとするなら、ほんとうには見つめたことがないのだ。

最愛のパートナーでさえ、見つめつづけていると、不意に、目の前にあるのが、要するに「顔」であることに突然気づいたりするのである。

止まってしまった生活や「日常」や常識や偏見の断片が、いろんなところに転がっている。「それ」が来なければ、気づかなかったのだ。そして、おそらく、「それ」が去れば、ぼくたちは、忘れてしまうのだけれど。

遠く離れたところで、でも、おそらく、ぼくと同じように、モニターを見つめながら、ジョルダーノは、『コロナの時代の僕ら』の刊行にあたって、長い「著者あとがき」をつけ、そのタイトルを「コロナウイルスが過ぎたあとも、僕が忘れたくないこと」とした。「それ」はまだ終わってすらいない。けれども、「それ」について考える者たちは、みんな、結局はいつも、最後に触れてきたように、それがまるで、黙約であるかのように、「忘却」について書くことにしたのである。

「コロナウイルスの『過ぎたあと』、そのうち復興が始まるだろう。だから僕らは、今からもう、よく考えておくべきだ。いったい何に元どおりになってほしくないのかを。……中略……

戦争が終わると、誰もが一切を急いで忘れようとするが、病気にも似たようなことが起きる。苦しみは僕たちを普段であればぼやけて見えない真実に触れさせ、物事の優先順位を見直させ、現在という時間が本来の大きさを取り戻した、そんな印象さえ与えるのに、病気が治ったとたん、そうした天啓はたちまち煙と化してしまうものだ。僕たちは今、地球規模の病気にかかっている最中であり、パンデミックが僕らの文明をレントゲンにかけているところだ。数々の真実が浮かび上がりつつあるが、そのいずれも流行の終焉とともに消えてなくなることだろう。もしも、僕らが今すぐそれを記憶に留めぬ限りは。

だから、緊急事態に苦しみながらも僕らは——それだけでも、数字に証言、ツイートに法令、とてつもない恐怖で、十分に頭がいっぱいだが——今までとは違った思考をしてみるための空間を確保しなくてはいけない。三〇日前であったならば、そのあまりの素朴さに僕らも苦笑していたであろう、壮大な問いの数々を今、あえてするために。

たとえばこんな問いだ。すべてが終わった時、本当に僕たちは以前とまったく同じ世界を再現したいのだろうか」

さて、書くべきことは、もうほとんど残されていない。ぼくたちは、「それ」を巡ることばたちの中を歩いた。そこには、いま、考えるべきこと、そのための材料が豊かに、ぼくたちの到来を待っているように、ぼくには思えた。

「それ」を記憶に留めるには、どうすればいいのか。「彼ら」は繰り返し、そのことを、ぼくたちに告げてきた。

それがなになのかは、自明のように、ぼくには思える。現れては消え去り、忘れ去ってゆくもの。それは、「時間」や「記憶」である。そして、作家たちは、消え去る「時間」や「記憶」を、ことばに刻みつけることによって、喪失から救い出してきた。おそらくは、ぼくたちには、新しい「物語」が必要になるだろう。そして、その「物語」を読み返すたびに、ぼくたちは、どこかに隠れひそんでいる「それ」を思い出すことになるのだ。その他に、記憶に留める手段を、ぼくたちは持ってはいないのだから。

それが、どのような「物語」であるのかは、ぼくにもわからない。まだ誰も見たことのない未知の世界の到来を予感させる、まったく新しい「物語」なのか、それとも、古い世界の「滅亡」を記した「物語」なのかも。

いずれにせよ、いま、ぼくたちが渦中にある「それ」についての「物語」はまだ書かれてはいないのである。

「『黙っているべきだ』と彼ははげしく囁く。それから、『己（おれ）は黙っていることだろう』と。共犯意識が、疲れた頭を酔わせる少しの酒のように、彼を酔わせた。疫病に襲われて、見（み）

棄てられた都ヴェニスの姿が、彼の心の前に陰気に漂い動きつつ、彼の裡にいろいろな希望を――不思議な、理性を超えた、そしてなんとも言いようのないほど甘美な希望を燃え上がらせた。それらの期待に比べるならば、彼がついさきほど想像した、やさしい幸福など、何ほどのことがあろうか。混沌のもたらす利益の数々を前にしては、芸術だの道徳だのはものの数ではないのだ。彼は黙っていた。そしてふみとどまった」(『トニオ・クレーゲル　ヴェニスに死す』所収「ヴェニスに死す」トーマス・マン著、高橋義孝訳、新潮文庫、一九六七年)

「コレラ」が蔓延しつつあるヴェニスに逗留していた老作家グスタフ・フォン・アシェンバハは、ついにその秘密を知る。そして、ただちに逃れなければ、市中に閉じこめられ、脱出は不可能になるという忠告を無視して、「死の都」に留まる決断を下すのである。なぜなら、「それ」について記録することができる人間が、自分しかいないことを知っていたからだ。そう、彼は知っていたのだ。作家の責務を。それは、最後の一人となっても留まり、「それ」について記録することなのである。

二〇二〇年五月二十四日

あとがき

「新しい教科書」の一冊目を読んでくださってありがとう。どこか一カ所でも、ひっかかる場所があったら、どれか一つのことばでも、覚えておきたいと思ってもらえたなら、うれしいです。

最初のところに書いた、「小さな、小さな、『私塾』」を、小さな場所で、学びたいと熱心に思う人たちと共に、始めることができた。何度か開いた後で、「コロナ禍」がやって来て、いまは休止中だ。それほど遠くない未来に、再開したいと思っている。そのときには、この「新しい教科書」を、その「私塾」の机の上に置きたい。そこで読まれる本の中の、小さな一冊として。

「たのしい知識」というタイトルで、雑誌「小説トリッパー」で始まった連載は、もちろん、いまも続いている。

この本は「トリッパー」の連載とは、順番も、個々のタイトルも、また、中身も少し変わっている。時間が許すなら、この本は、絶えず書き換えられてゆくものになるはずだからだ。気づかなかったことに気づき、見えなかったものが見えるようになる。意味がないとしか思えなかったものに、意味が見つかり、雑音としか思えなかったものが、いつの間にか、美しい音に聞こえてくる。昨日のぼくは、今日のぼくではない。明日のぼくも、もちろん。そのようなものとして、自分を考えたいと思っている。だから、この本の中身も、変わるべき運命なのだ。その中に、変わらぬなにかがあれば、それもまた大切にしたいと思う。

最後に、雑誌の連載から、単行本に至るまで、ぼくの考えていたことを、すべて形にしていただいた、編集者の矢坂美紀子さんに感謝します。ありがとうございました。

二〇二〇年七月十日

高橋源一郎

＊初出誌「小説トリッパー」

ぼくらの天皇（憲法）なんだぜ　→　2019年夏季号
汝の隣人　→　タイトル「なにかを『知る』ということ、たとえば、
　韓国・朝鮮について」を変更。2019年冬季号
コロナの時代を生きるには　→　2020年夏季号
書籍化にあたって、加筆訂正をしました。

高橋源一郎 たかはし・げんいちろう
1951年広島県生まれ。作家、明治学院大学名誉教授。2019年3月退官。横浜国立大学経済学部中退。81年『さようなら、ギャングたち』で群像新人長編小説賞優秀作となる。88年『優雅で感傷的な日本野球』で三島由紀夫賞、2002年『日本文学盛衰史』で伊藤整文学賞、12年『さよならクリストファー・ロビン』で谷崎潤一郎賞を受賞。著書に『官能小説家』『13日間で「名文」を書けるようになる方法』『ぼくらの民主主義なんだぜ』『丘の上のバカ ぼくらの民主主義なんだぜ2』『ゆっくりおやすみ、樹の下で』『一億三千万人のための「論語」教室』ほか多数。
2020年3月下旬よりNHK第一ラジオ「高橋源一郎の飛ぶ教室」でパーソナリティをつとめる。

朝日新書
782

たのしい知識（ちしき）

ぼくらの天皇（憲法）・汝の隣人・コロナの時代

2020年9月30日第1刷発行

著　者　高橋源一郎

発行者　三宮博信
カバーデザイン　アンスガー・フォルマー　田嶋佳子
印刷所　凸版印刷株式会社
発行所　朝日新聞出版
〒104-8011　東京都中央区築地5-3-2
電話　03-5541-8832（編集）
　　　03-5540-7793（販売）

Published in Japan by Asahi Shimbun Publications Inc.
ISBN 978-4-02-295092-5
定価はカバーに表示してあります。

清須会議
秀吉天下取りのスイッチはいつ入ったのか？

渡邊大門

信長亡き後、光秀との戦いに勝利した秀吉がすぐさま天下人の座についたわけではなかった。秀吉はいかにして、織田家の後継者たる信雄、信孝を退け、勝家、家康を凌駕したのか。「清須会議」というターニングポイントを軸に、天下取りまでの道のりを検証する。

パンデミックを生き抜く
中世ペストに学ぶ新型コロナ対策

濱田篤郎

3密回避、隔離で新型コロナのパンデミックを乗り越えようとするのは、実は14世紀ペスト大流行の時と同じ。渡航医学の第一人者が「医学考古学」という観点から不安にならずに今を乗り切る知恵をまとめた。コロナ流行だけでなく今後の感染症流行対処法も紹介。

中流崩壊

橋本健二

経済格差が拡大し「総中流社会」は完全に崩壊した。そして今、中流が下流へ滑落するリスクが急速に高まっている。コロナ禍により中流内部の分断も加速している。『新・日本の階級社会』著者がさまざまなデータを駆使し、現代日本の断層をつぶさに捉える。

政治部不信
権力とメディアの関係を問い直す

南 彰

「政治部」は、聞くべきことを聞いているのか。斬り込む質問もなく、会見時間や質問数が制限されようと、オフレコ取材と称して政治家と「メシ」を共にする姿に多くの批判が集まる。政治取材の現場を知る筆者が、旧態依然としたメディアの体質に警鐘を鳴らす。

朝日新書

人生に必要な知恵はすべてホンから学んだ

草刈正雄

「好きな本は何？」と聞かれたら、「台本（ホン）です」と答える僕。この歳になって、気づきました。ホンとは、生きる知恵と人生の意味を教えてくれる言葉の宝庫だと。『真田丸』『なつぞら』をはじめ代表作の名台詞と共に半生を語る本音の独白。

渋沢栄一と勝海舟

幕末・明治がわかる！ 慶喜をめぐる二人の暗闘

安藤優一郎

「勝さんに小僧っ子扱いされた——」。朝敵となった徳川慶喜に生涯忠誠を尽くした渋沢栄一と、慶喜に30年間も「謹慎」を強いた勝海舟。共に幕臣だった二人の対立を描き、知られざる維新・明治史を解明する。西郷、大隈など、著名人も多数登場。

教養としての投資入門

ミアン・サミ

本書は、投資をすることに躊躇していた人が抱えている不安を一気に吹きとばすほどの衝撃を与えるだろう。「自動投資」「楽しむ投資」「教養投資」の観点から、資産10億円を構築した筆者が、学術的な知見やデータに基づき、あなたに合った投資法を伝授。

新型コロナ制圧への道

大岩ゆり

爆発的感染拡大に全世界が戦慄し、大混乱が続く。人類はこの「戦争」に勝てるのか？ 第2波、第3波は？ 元朝日新聞記者が科学・医療の最前線を徹底取材。終息へのシナリオと課題を明らかにする。

危機の正体

コロナ時代を生き抜く技法

佐藤 優

「新しい日常」では幸せになれない。ニューノーマルは人間に何をもたらすのかを歴史的・思想的に分析。密集と接触を極力減らす〈反人間的〉時代をどう生き抜くか。国家機能強化に飲み込まれないためのサバイバル術を伝授する。

コロナ後の世界を語る

現代の知性たちの視線

養老孟司 ほか

22人の論客が示すアフターコロナへの針路！ 新型コロナウイルスは多くの命と日常を奪った。第2波の懸念も高まり、感染への恐怖が消えない中、私たちは大きく変容する世界とどう向き合えばよいのか。現代の知性の知見を提示する。

朝日新書

たのしい知識
ぼくらの天皇(憲法)・汝の隣人・コロナの時代

高橋源一郎

きちんと考え、きちんと生きるために――。明仁天皇のビデオメッセージと憲法9条の秘密、韓国・朝鮮への旅、宗主国と植民地の小説。ウイルスの歴史を、カミュ、スペイン風邪に遡り、たどりつく終焉、忘却、記憶、ことば。これは生きのびるための「教科書」だ。

コロナと生きる

内田　樹
岩田健太郎

人と「ずれる」ことこそ、これからのイノベーティブな生き方だ！「コロナウイルスは現代社会の弱点を突く〝21世紀の鬼っ子〟」という著者ふたりが、強まる一方の同調圧力や評価主義から逃れてゆたかに生きる術を説く。災厄を奇貨として自分を見つめ直すサバイバル指南書。

キリギリスの年金

明石順平

アリのように働いても、老後を公的年金だけで過ごすことは絶対不可能。円安インフレ、低賃金・長時間労働、人口減少……複合的な要素が絡み合う「年金制度」の未来とは。さらに、コロナ禍でますます悪化する日本財政の末路を豊富なデータをもとに徹底検証。

大阪から日本は変わる
中央集権打破への突破口

吉村洋文
松井一郎
上山信一

停滞と衰退の象徴だった大阪はなぜ蘇ったか。経済や生活指標の大幅改善、幼稚園から高校までの教育無償化、地下鉄民営化などの改革はいかに実現したか。「大阪モデル」をはじめ、新型コロナで国に先行して実効性ある施策を打てた理由は。10年余の改革を総括する。